KB138911

LA PLACE

ANNIE ERNAUX

남자의 자리

아니 에르노 | 신유진 옮김

1984BOOKS

나는 감히 이렇게 설명해 보려 한다.
글쓰기란 우리가 배신했을 때 쓸 수 있는
최후의 수단이라고.

— 장 주네

- 본문에 실린 각주는 모두 옮긴이 주이다.
- 단행본은 『』, 단편은 「」, 노래와 그림 제목은 〈〉로 묶었다.

리옹의 라크루아루소에 있는 어느 고등학교에서 중등 교원 자격 실기 시험을 쳤다. 새로 지은 고등학교였다. 녹색 식물이 있는 교무실과 교직원이 쓰는 공간, 바닥에 모래색 카펫이 깔린 도서관이 있었다. 장학관과 실력이 검증된 두 명의 문학 교수 심사위원 앞에서 수업을 진행하는 것이 시험의 주제였고, 그 수업을 위해 누군가가 나를 데리러 오기를 기다렸다. 한 여성이 오만하게, 거침없이 학생들의 답안지를 채점하고 있었다. 다음 한 시간만 제대로 넘기면 평생 그 여자처럼 일할 수 있는 권한을 얻을 수 있었다. 나는 1학년 수학반 학생들 앞에서 발자크의 고리오 영감의 스물다섯 줄을 — 줄마다 숫자를 매겨야 했다 — 설명했고, 감독관은 나를 교장실로 불러 '당신은 학생들을 지루하게 했어요'라고 지적했다. 그는 두 명의 심사원들, 남자 한 명과 근시안에 분홍색 신발을 신은 여자 사이에 앉아 있었고, 나는 그들을 마주 보고 있었다. 그는 15분 동안 비난과 칭찬, 조언을 섞어 말했고 나는 그 모든 말이 합격이란 뜻인지 아닌지를 생각하느라 제대로 듣지 않았다. 갑자기 세 사람이 동시에 심각한 표정으로 일어났다. 나 역시 서둘러 따라 일어났다. 감독관은 내게 손을 내밀었다. 그리고 나를 똑바로 보며 말했다. "부인, 축하드립니다." 나머지 사람들도 "축하합니다"라고 말하며 나와 악수를 했는데, 여자는 미소를 짓고 있었다.

나는 분노와 일종의 수치심을 느끼며 버스 정류장에 도착할 때까지 그 의식에 대한 생각을 멈추지 못했다. 같은 날 저녁, 부모님께 '정식' 교사가 됐다고 편지를 썼다. 어머니는 내게 매우 기쁘다는 답장을 보냈다.

아버지는 그 일이 있고 정확히 두 달 후에 돌아가셨다. 그는 67세였고, Y시(센느마리팀)의 역에서 멀지 않은 조용한 동네에서 어머니와 식료품점을 운영하고 있었으나, 일년 후에 퇴직할 계획이었다. 나는 자주 몇 초 동안 헷갈리곤 한다. 리옹 고등학교의 장면이 먼저인지 나중인지, 내가 크루아 루스에서 버스를 기다렸던, 바람이 많이 불던 4월이 아버지가 돌아가셨던 숨 막히는 6월보다 먼저인지 나중인지.

어느 일요일, 이른 오후였다.

　계단 위쪽에서 어머니가 보였다. 그녀는 점심 식사 후에 방으로 가지고 올라간 듯한 냅킨으로 눈물을 훔치고 있었다. 그녀는 무미건조한 목소리로 말했다. "다 끝났다." 그 후 몇 분은 잘 기억나지 않는다. 다만 내 뒤로 멀리 무언가를 응시하던 아버지의 눈과 잇몸 위로 말려 올라간 그의 입술만이 떠오를 뿐이다. 어머니께 아버지의 눈을 감겨드리라고 말했던 것 같다. 이모와 이모부도 침대를 둘러싸고 있었다. 그들은 시신이 굳기 전에 서둘러야 하니 아버지의 몸을 닦고, 면도하는 것을 도와주겠다고 했다. 어머니는 3년 전, 내 결혼식에 입었던 양복을 아버지에게 다시 입힐 수 있다고 생각했다. 그 모든 장면이 매우 덤덤하게 흘러갔다. 비명도, 오열도 없이. 다만 어머니가 붉게 충혈된 눈으로 입을 비죽거렸을 뿐이다. 모든 행동은 혼란 없이 행해졌다. 차분하게 일상적인 말들을 주고받으며. 이모부와 이모는 몇 번씩이나 "정말 갑자기 가셨네" 혹은 "많이 변하셨네"라고 말했다. 어머니는 아버지가 아직 살아 있기라도 한 것처럼 또는 새로 태어난 생명과 비슷한, 어떤 특별한 형태의 생명이 깃든 것처럼 그에게 말을 걸었다. 어머니는 애정을 담아 그를 여러 번 '가엾은 우리 아버지'라고 불렀다.

이모부는 아버지를 면도시킨 후에 사망하기 전 몇 날 며칠 입었던 셔츠를 벗기고, 깨끗한 옷으로 갈아입히기 위해 시신을 끌어당겨 일으켜 세웠다. 머리가 앞으로 떨어졌다. 푸른 반점으로 뒤덮인 가슴팍 위로. 태어나서 처음으로 아버지의 성기를 봤다. 어머니는 살짝 웃으며 재빨리 셔츠 자락으로 감추며 말했다. "그 볼썽사나운 것 좀 가려요. 가엾은 양반." 염을 마친 후에 누군가 아버지의 손을 묶주 근처에 모아 주었다. 어머니가 그랬는지 이모가 그랬는지 잘 기억나진 않지만, 누군가 "저러고 있으니 더 점잖아 보이네"라고 말했다. 그러니까 깔끔하고 단정해 보인다는 뜻이었다. 차양을 내리고, 낮잠을 자려고 옆방에 누워 있던 아들을 깨우며 말했다. "할아버지가 잠드셨다."

이모부의 연락을 받고 Y시에 사는 가족들이 왔다. 그들은 나와 어머니와 함께 위층에 올라가 잠시 말없이 침대 앞에 서 있다가, 아버지의 병과 갑작스러운 죽음에 대해 속삭였다. 그들이 다시 내려왔을 때, 우리는 카페에서 마실 것을 대접했다.

사망을 확인해 준 당직 의사에 대한 기억은 없다. 몇 시간 만에 아버지의 얼굴은 알아볼 수 없을 만큼 변해 있었다. 오후가 끝날 무렵 방에 혼자 남겨졌다. 차양을 통과한 햇살이 장판 위로 슬며시 들어왔다. 그것은 더 이상 내 아버지가 아니었다. 퀭한 얼굴에 코만 보였다. 흐물흐물한 파란색 양복에 감싸인 그가 마치 누워 있는 한 마리의 새처럼 보였다. 눈을 커다랗게 부릅뜬 남자의 얼굴은 그가 숨을 거두자마자 이미 사라지고 없었다. 이제 다시 그 얼굴조차도 보지 못하게 된 것이다.

우리는 안장, 장례식의 규모, 장례 미사, 부고, 상복을 준비하기 시작했다. 내게는 이런 준비들이 아버지와 상관없는 것처럼 느껴졌다. 어떤 사정으로 인해 그가 불참하게 될 의식 같았다. 어머니는 매우 흥분한 상태였고, 아버지가 돌아가시기 전날 밤, 이미 입을 열지 못하는 상태임에도 어머니를 안기 위해 그녀의 몸이 있는 쪽을 더듬었다고 내게 고백했다. 그녀는 이렇게 덧붙였다. "그거 아니? 아버지는 멋진 남자였어, 젊었을 때 말이야."

냄새가 나기 시작한 것은 월요일이었다. 생각지도 못한 일이었다. 썩은 물이 고인 화병에 버려둔 꽃에서 나는 은은하고도 끔찍한 냄새였다.

어머니는 장례식 날에만 가게 문을 닫았다. 그렇지 않으면 손님들이 떨어져 나갔을 것이고, 어머니는 그런 일을 용납할 수 없었다. 돌아가신 아버지는 위층에 누워 있었고, 어머니는 아래층에서 파스티스[1]와 와인을 팔았다. 눈물, 침묵, 그리고 존엄. 어떤 고상한 세계에서는 바로 그런 것이 가까운 사람이 죽었을 때 가져야 할 태도일 것이다. 어머니는 이웃들처럼 존엄성과는 전혀 상관없는 처세법을 따랐다. 아버지가 돌아가신 일요일과 장례식이 있었던 수요일 사이, 모든 단골들이 자리에 앉자마자 나지막하게 이 일에 대해 "너무 빨리 가버리셨네……"라고 짧게 말하거나 혹은 괜히 명랑한 척하며 "사장님이 너무 쉽게 포기하셨어!"라고 말했다. 그들은 소식을 듣고 "너무 충격을 받았어요", "이게 무슨 일인지 모르겠어요"라며 자신들의 마음을 전했다. 그들은 그런 식으로 어머니의 고통에 동참한다는 표현과 예의를 보였다. 많은 이들이 마지막으로 아버지를 봤을 때 건강했던 모습을 떠올렸고, 마지막 만남에서 있었던 사소한 모

---

1 프랑스의 식전주, 아니스 열매의 강한 향이 난다.

든 일들, 그러니까 정확한 장소와 날짜와 날씨, 주고받은 말들을 기억했다. 그들은 삶이 지극히 당연하게 흘러가던 순간을 세세하게 상기함으로써 그들의 이성에 아버지의 죽음이 충격적으로 다가왔음을 표현하려 했다. 또 예의로라도 가게 주인을 보고 싶어 했다. 어머니는 모든 이의 요청을 들어주지는 않았다. 어머니는 마음에서 우러나와 움직이는 선한 사람들과 호기심으로 행동하는 나쁜 사람들을 구별해 냈다. 그래도 카페 단골들은 대부분 아버지에게 작별 인사를 할 수 있었다. 한 이웃 사업가의 아내는 거절을 당했는데, 아버지가 살아생전에 그녀와 그녀의 뽀로통한 입술을 몹시 싫어했기 때문이었다.

장의사들이 월요일에 왔다. 주방에서 방까지 올라가는 계단이 관이 지나가기에는 너무 좁다는 사실이 드러났다. 시신은 운구라기보다는 비닐봉지에 싸서 계단으로 질질 끌려 내려와 한 시간 동안 문을 닫은 카페 한가운데에 놓여 있어야 했다. 모퉁이에서 관을 돌려야 한다는 등, 가장 좋은 운반 방법에 대해 이러쿵저러쿵 말하는 인부들의 첨언과 함께 내려오는 데 긴 시간이 걸렸다.

일요일부터 그의 머리를 누였던 베개에 구멍이 나 있었다. 시신이 거기 있는 동안에는 방을 청소할 수가 없었다. 아버지의 옷들이 여전히 의자 위에 있었다. 나는 지퍼 달린 멜빵바지에서 지폐 뭉치를 꺼냈다. 지난 수요일에 번 돈이었다. 나는 약을 버리고 더러운 옷들을 날랐다.

　장례식 전날, 장례식 후에 있을 식사를 위해 송아지 고기 한 덩어리를 익혔다. 장례에 참석해 준 사람들을 굶겨 보내는 것은 예의가 아니니까. 남편이 저녁에 도착했다. 햇빛에 그을린 얼굴을 한 그는 자신의 것이 아닌 슬픔에 불편해 보였다. 그에게는 그곳이 어느 때보다 더 어울리지 않아 보였다. 우리는 집에 하나뿐인 2인용 침대에서 잤다. 아버지가 돌아가셨던 그 침대다.

　많은 동네 사람들이 성당에 왔다. 직업이 없는 여자들, 한 시간 정도 짬을 낸 노동자들. 물론 아버지가 생전에 관계를 맺었던 '높으신 양반들'은 걸음을 옮기지 않았고, 다른 상인들도 마찬가지였다. 아버지는 상인 연합회에 그저 회비만 냈을 뿐, 어디에도 속해 있지 않았다. 사제장은 추모사에서 '정직하고 근면한 삶', '누구에게도 해를 끼치지 않은 사람'을 말했다.

　악수하는 시간이 있었다. 식을 이끈 성당 관리인의 실수로 — 사람들을 한 바퀴 더 돌리면 조문객 숫자가 더 늘어난 것처럼 보이리라 생각한 게 아니라면 — 이미 악수를 나눴던 사람들이 다시 지나갔다. 이번에는 조의를 표하는 말 없이 빠르게 한 바퀴 돌았다. 공동묘지에서 관이 밧줄 사이로 흔들리며 내려갔고, 어머니는 내 결혼식 날, 미사 때 그랬던 것처럼 오열했다.

카페에서 테이블을 붙이고 장례식 식사를 치렀다. 처음에는 조용했으나 조금씩 대화가 시작됐다. 낮잠을 자고 일어난 아이는 정원에서 찾아온 모든 것들, 꽃이나 돌멩이 같은 것을 사람들에게 하나씩 나누어 줬다. 평소 가깝지 않았던 아버지의 형이 나를 보기 위해 내 쪽으로 몸을 기울이더니 말을 걸었다. "네 아버지가 너를 자전거에 태우고 학교에 데려다줬던 것을 기억하니?" 그는 아버지와 목소리가 똑같았다. 조문객들이 다섯 시쯤 돌아갔다. 우리는 아무 말 없이 테이블을 정리했다. 남편은 그날 저녁 다시 기차를 탔다.

나는 사망 이후의 형식적이고 통상적인 절차를 위해 며칠 더 어머니와 함께 머물렀다. 시청에서 사망 신고를 하고, 장례비를 치르고, 조의를 표한 편지들에 답장을 보냈다. 미망인 A... D... 어머니의 새 명함도 만들었다. 아무 생각 없이 무력하게 보낸 시간이었다. 길을 걸으며 몇 번이나 '나는 다 큰 어른이다'라고 생각했다(옛날에 어머니는 생리가 시작된 내게 "넌 이제 다 큰 여자야"라고 말했다).

우리는 필요한 사람들에게 나누어 주기 위해 아버지의 옷을 모았다. 와인 저장고에 걸려 있던, 그가 늘 입던 재킷에서 지갑을 발견했다. 그 안에는 소액의 돈과 운전면허증이 있었고, 지폐를 넣는 곳에 사진 한 장과 오려진 신문 조각이 들어 있었다. 가장자리가 톱니바퀴 모양인 그 오래된 사진에는 모두 모자를 쓰고 세 줄로 앉아 카메라를 바라보는 노동자들의 모습이 있었다. 역사책에서 파업 혹은 인민전선을 '보여 주기' 위해 삽입되는 전형적인 사진이었다. 나는 마지막 줄에서 아버지를 알아봤다. 그는 심각하다 못해 거의 근심스럽기까지 한 표정을 짓고 있었다. 웃고 있는 사람도 많았다. 오려 둔 신문은 사범학교 입학시험 결과를 성적순으로 발표한 것으로, 내 이름이 두 번째로 적혀 있었다.

어머니는 다시 침착해졌다. 전처럼 손님들을 맞이했으나, 혼자 있을 때는 얼굴이 무너져 내렸다. 그녀는 매일 아침 이른 시각, 가게 문을 열기 전에 공동묘지에 가는 습관을 갖게 되었다.

일요일, 돌아가는 기차에서 아이가 얌전히 있도록 놀아주려 애를 썼다. 일등석의 승객들은 시끄러운 것과 아이들이 움직이는 것을 싫어하기 때문이다. 불현듯 '나는 이제 정말 부르주아구나'라는 생각과 '너무 늦었다'는 생각이 들어 아찔했다.

나중에 첫 발령을 기다리며 여름을 보내면서 '이 모든 것을 설명해야만 한다'는 생각이 찾아왔다. 아버지와 그의 인생에 대해 그리고 사춘기 시절 그와 나 사이에 찾아온 이 거리에 대해 말하고 쓰고 싶었다. 계층 간의 거리나 이름이 없는 특별한 거리에 대해. 마치 이별한 사랑처럼.

나는 곧바로 그가 주인공인 소설을 쓰기 시작했다. 중간쯤에 이르자 거부감이 찾아왔다.

최근에서야 나는 소설이 불가능하다는 사실을 깨달았다. 물질적 필요에 굴복하는 삶을 설명하기 위해서는 무엇보다 예술적인 것, 무언가 '흥미진진한 것' 혹은 '감동적인 것'을 추구해서는 안 된다. 나는 아버지의 말과 제스처, 취향, 아버지의 인생에 영향을 미쳤던 사건들, 나 역시 함께 나누었던 한 존재의 모든 객관적인 표적을 모아보려 한다.

시처럼 쓴 추억도 환희에 찬 조롱도 없을 것이다. 단조로운 글이 자연스럽게 내게 온다. 내가 부모님께 중요한 소식을 말하기 위해 썼던 글과 같은 글이.

이야기는 20세기로 넘어가기 몇 달 전, 바다에서 25km 떨어진 코 고장의 어느 마을에서 시작된다. 땅을 소유하지 못한 사람들은 지역의 큰 농가에서 소작농으로 일했다. 그러니까 할아버지는 한 농장에서 짐수레꾼으로 일했는데, 여름에는 건초도 만들고 수확을 하기도 했다. 그는 여덟 살 이후로 평생 다른 일을 한 적이 없었다. 토요일 저녁에 품삯을 아내에게 모두 가져다주면, 그의 아내는 그가 일요일에 도미노 게임을 하고 술을 마시는 것을 허락해 줬다. 그는 한층 더 어두운 모습으로 술에 취해 들어왔다. 아무것도 아닌 일로 모자를 벗어 아이들을 때렸다. 그는 거친 남자였고, 아무도 그에게 싸움을 걸지 못했다. 그의 아내는 **매일 웃지는 못했다.** 그의 못된 성질은 그의 삶의 원동력이었고, 가난을 버티게 하는 힘이었으며, 자신이 남자답다고 느끼게 해주는 것이었다. 무엇보다 그를 폭력적으로 만들었던 것은 집에서 가족 중 누군가가 책 혹은 신문에 빠져 있는 것이었다. 그는 읽거나 쓰는 일을 배울 시간이 없었다. 계산, 그건 할 줄 알았다.

　나는 할아버지를 호스피스 병동에서 딱 한 번 봤는데, 3개월 후 그곳에서 돌아가셨다. 아버지는 내 손을 잡고 커다란 방에 두 줄로 놓여 있는 침대들을 지나, 멋진 새하얀 곱슬머리에 체구가 매우 자그마한 노인 앞으로 나를 데려갔다. 그는 나를 보며 계속 인자함이 가득한 미소를 지었다. 아버지는 할아버지에게 침대 시트 속에 감춰 온 브랜디 1/4병을 슬쩍 건넸다.

　사람들은 내게 할아버지에 대한 이야기를 할 때마다 "읽지도 쓰지도 못하셨지"라는 문장으로 시작했다. 마치 이 일차적인 정보 없이는 그의 삶과 그의 성격을 이해하지 못한다는 듯이. 할머니는 수녀원에서 운영하는 학교에 다녔다. 그녀는 마을의 다른 여자들처럼 루앙에 있는 한 제조소의, 공기가 잘 통하지 않고 성벽의 총안보다 겨우 조금 더 넓고 기다란 구멍을 통해 좁은 빛이 들어오는 방 안에서 직물을 짰다. 천이 빛을 받아 상하면 안 됐으니까. 할머니는 몸과 집안을 깨끗하게 가꿨다. 그것은 이웃이 빨랫줄에 걸린 옷이 얼마나 하얀지 상태를 감시하고, 매일 요강을 비웠는지 아닌지를 알고 있던 마을에서 가장 중요한 자질이었다. 울타리나 비탈로 집들이 분리되어 있긴 했지만, 어떤 것도 사람의 시선을 벗어나진 못했다. 술집에서 집으로 돌아오는 시간도, 면으로 된 생리대가 바람에 흔들리는 주간도.

할머니는 기품이 있는 분이었고, 축제 때는 판지로 만든 허리 받침으로 치맛자락을 부풀렸으며, 대부분의 시골 여자들이 그렇듯 편의를 위해 서서 치마 밑으로 소변을 보는 일도 없었다. 아이 다섯을 낳고 사십 대 즈음에는 비관적인 생각이 찾아왔고, 며칠 동안 아무 말도 하지 않았다. 훗날 손과 다리에 류머티즘을 앓았고, 치료를 위해 리카리우스 성자, 사막의 성자 기욤을 찾아가 천을 성상에 문지르고 그것을 병든 부위에 댔다. 할머니는 점차 걷지 못하게 됐고, 가족들은 그녀를 성자들에게 데려가기 위해 마차를 빌려야 했다.

그들은 천장이 낮고 다진 흙을 바닥으로 삼은 초가집에서 살았다. 청소는 쓸기 전에 물만 뿌리면 충분했다. 정원과 닭장에서 나오는 것과 농장주가 할아버지에게 주는 버터와 크림으로 먹고 살았다. 결혼식이나 성체 배령식이 있으면 몇 달 전부터 염두에 두고 있다가 더 많이 먹기 위해 사흘 전부터 굶고 갔다. 마을의 어떤 아이는 성홍열에 걸렸다가 회복 중이었는데, 닭고기를 너무 많이 먹인 탓에 토하다가 기도가 막혀 죽었다. 그들은 여름이 되면 일요일에 게임을 하고 춤을 추는 '모임'에 나갔다. 어느 날, 아버지가 경품을 매달아 놓은 기둥 꼭대기에 올라가서 음식물이 담긴 바구니를 따지 못하고 미끄러져 내려온 적이 있었다. 그 일로 할아버지의 분노는 몇 시간 동안 이어졌고 (노르망디 사투리로) "**이 미련한 놈 같으니라고!**"라며 욕을 했다.

빵을 앞에 두고 긋는 성호, 미사, 부활절. 종교는 그들에게 청결함과 마찬가지로 품위를 안겨줬다. 그들은 일요일에 옷을 단정히 입고, 큰 농장 주인들과 함께 크레도를 부르며 쟁반 위에 헌금을 올려놓았다. 아버지는 성가대 어린이였고, 사제를 따라 임종 영성체에 가는 것을 좋아했다. 그들이 지나가면 모두 모자를 벗었다.

아이들의 몸에는 언제나 기생충이 있었다. 기생충을 없애기 위해 셔츠 안쪽, 배꼽 근처에 마늘을 넣은 작은 주머니를 꿰매줬다. 겨울에는 귀마개로 솜을 썼다. 프루스트나 모리아크를 읽으면, 그들이 내 아버지가 어릴 때, 그때 그 시대를 그리고 있다는 것이 믿기지 않는다. 그들과 비교하면 아버지가 살던 시절은 중세 시대나 다름없다.

아버지는 학교에 가기 위해 2km를 걸었다. 월요일마다 교사가 손톱과 러닝셔츠의 목 부분을 검사했고, 해충 때문에 머리카락을 살폈다. 교사는 엄격히 가르쳤고, 손가락을 쇠로 된 자로 때리며 **존경받았다.** 학생들 중 몇 명은 읍내의 초등 교육 수료증을 획득했고, 그중 한둘은 초등 교원 사범학교에 들어갔다. 아버지는 사과를 따고, 건초를 베고, 짚단을 묶고, 뿌리고 거두는 모든 일 때문에 수업에 빠졌다. 그가 형과 함께 학교로 돌아오면, 선생님은 이렇게 소리치셨다. "그러니까 너희 부모님은 너희들이 자신들처럼 가난하게 살기를 바라는 모양이구나!" 아버지는 글자를 틀리지 않고 읽고 쓸 줄 알게 됐다. 그는 배우는 것을 좋아했다(사람들은 '마신다' 또는 '먹는다'처럼 그냥 배운다고 말했다). 사람 얼굴이나 동물도 그렸다. 열두 살에는 초등 교육 수료증 준비반이 됐으나 할아버지는 그를 학교에서 빼내어 자신이 일하는 농장에 집어넣었다. 아무 일도 하지 않는 아버지를 더 이상 먹여 살릴 수는 없었다. "생각도 하지 않았어. 그땐 모두가 그랬으니까."

아버지가 읽던 책의 제목은 『두 어린이의 프랑스 일주』였다. 거기에는 다음과 같은 이상한 문장들이 있다.

우리의 운명에 항상 행복해하는 법을 배워야 한다. (326호, 186쪽)
세상에서 가장 아름다운 것은 가난한 이의 자선이다. (11쪽)
사랑으로 하나 된 가족은 세상에서 가장 최고의 부를 가진 것이다. (260쪽)
부가 가진 가장 큰 행복은, 타인의 불행을 덜어줄 수 있다는 것

이다. (130쪽)

가난한 아이들을 위한 숭고한 교훈은 다음과 같다.

능동적인 사람은 단 일 분도 허비하지 않으며, 하루가 끝나면 그날의 매시간이 그에게 무언가를 가져다줬음을 알게 된다. 그러나 반대로 태만한 사람은 힘든 일을 늘 다른 때로 미루고, 침대에서나 식탁에서나 또는 대화 중이거나, 어디서나 잠을 자고 자제심을 잃는다. 하루가 끝나가는데 그는 아무것도 하지 않았다. 몇 달이, 몇 년이 흐르고, 나이를 먹어도 그는 여전히 제자리에 있다.

이것은 아버지가 기억하던 유일한 책이다. 아버지는 "진짜 그런 것 같았어"라고 말했다.

아버지는 아침 다섯 시에 소젖을 짜고, 마구간을 비우고, 말들의 털을 빗겨주고, 저녁에 소젖 짜는 일을 다시 시작했다. 그 대가로 입고 먹고 마시고, 약간의 돈도 받았다. 아버지는 외양간에서, 이불도 없이 짚더미 위에서 잤다. 짐승들이 꿈을 꾸며 밤새 바닥에 발을 굴렀다. 아버지는 이제는 갈 수 없는, 부모님 댁을 생각했다. 온갖 잡일을 도맡아 하는 아버지의 누이가 보따리를 들고 울타리 뒤로 말없이 나타나기도 했다. 할아버지는 욕을 했고, 누이는 왜 또 도망쳐 나왔는지 설명하지 못했다. 그날 저녁, 할아버지는 누이를 망신 주며 그녀를 다시 주인집으로 데리고 갔다.

아버지는 활발한 성격에 노는 것을 좋아했고, 언제나 이야기를 지어내거나 장난을 칠 준비가 되어 있었다. 농장에 그의 또래는 아무도 없었다. 일요일에는 아버지처럼 소를 치는 형과 함께 미사에 가서 신부님의 시중을 들었다. 그는 '모임'에 자주 나가서 춤을 췄고, 학교 친구들을 만났다. **"그래도 우리는 행복했어. 그래야만 했지."**

아버지는 입대할 때까지 농장의 인부로 남아 있었다. 노동 시간을 계산하는 일은 없었다. 농가 사람들은 음식에 인색했다. 어느 날, 소를 치는 노인의 접시에 놓인 고기 한 조각이 천천히 꿈틀거렸다. 그 밑에 벌레들이 득실거리고 있었다. 견딜 수 있는 한계를 막 넘어선 일이었다. 노인은 자리에서 일어나 더는 자신을 개처럼 취급하지 말아달라고 요구했다. 고기는 교체됐다. 그곳이 포템킨 전함[1]은 아니었으니까.

아침저녁으로 돌봐야 하는 젖소들부터 10월의 안개

---

1 러시아 혁명의 시발점이 된 1905년 6월의 선상반란이 일어났던 곳으로 유명하다. 썩은 고깃덩어리에 대한 항의가 반란의 시초가 됐다.

비, 압착기로 들어가는 사과들, 커다란 삽으로 긁어모으는 닭장의 똥, 더위와 갈증. 그러나 또 갈레트 데 루아[2], 베르모 연감, 구운 밤, '사순절 화요일이여 가지 말아라, 크레프를 구워줄게', 병에 담긴 사과주와 밀짚으로 바람을 불어 넣어 터트리는 개구리. 이런 유의 것은 얼마든지 할 수 있었다. 변함없이 돌아오는 계절, 단순한 기쁨 그리고 들판의 고요. 아버지는 남의 밭에서 일했고, 그곳에서 아름다움을 목격하지는 못했다. 대지의 어머니의 장엄함과 다른 신화들은 그를 비껴갔다.

1차 세계 대전이 일어나고 농장에는 아버지 같은 어린애들과 늙은이들만 남았다. 그들은 봐준 것이다. 아버지는 부엌에 걸려 있는 지도를 보며 군대의 진격을 지켜봤고, 외설적인 잡지를 발견했으며, Y시의 극장에 갔다. 모두가 영상 아래의 자막을 큰 소리로 읽었으며, 끝까지 읽지 못하는 이들도 많았다. 아버지는 휴가를 나온 형이 알려준 은어를 사용했다. 마을의 여자들은 남편이 전선에 있는 여자들의 빨래를 매달 감시했다. 빨랫감 중에 빠진 것이 아무것도 없는지 확인하기 위해서였다.

전쟁은 시대를 흔들어 놓았다. 마을에서 사람들은 요요를 가지고 놀고, 카페에서 사과주 대신 와인을 마셨다.

---

2 왕의 갈레트란 뜻으로 1월 6일 공현절(예수님이 하나님의 아들로서 인정을 받은 날)을 기념하는 축제 음식.

25

댄스파티에 간 여자들은 늘 몸에서 냄새가 나는 농장의 인부들을 점점 더 싫어했다.

아버지는 군대를 통해 세상에 들어갔다. 파리, 지하철, 로렌 지방의 어느 도시, 모두를 평등하게 만든 군복, 전국에서 온 동료들, 성보다 더 큰 병영. 그는 그곳에서 사과주로 삭은 치아를 틀니로 바꿀 수 있었다. 그는 자주 사진에 찍혔다.

제대 후에 그는 다시 농사일을 하고 싶지 않았다. 그는 땅으로 먹고사는 일을 그렇게 불렀는데, 농사일(culture)이라는 단어가 가진 또 다른 의미, 정신적인 의미는 그에게 필요하지 않았다.[1]

물론 공장 외에 다른 선택의 여지는 없었다. 전쟁이 끝나자 Y시에 산업화가 시작됐다. 아버지는 소년들과 열세 살 된 여자애들을 채용하는 끈 제조 공장에 들어갔다. 악천후를 피해서 할 수 있는 청결한 노동이었다. 각각의 성별로 나누어진 화장실과 탈의실이 있었고 근무 시간도 정해져 있었다. 저녁에 사이렌이 울리고 나면 아버지

---

[1] culture라는 단어에는, 농사, 경작, 그리고 문화라는 의미가 있다.

는 자유였고, 더는 그에게서 착유장 냄새가 나지 않았다. 처음 속해 있던 세계에서 빠져나온 것이다. 루앙 또는 아브르에서는 보수가 더 나은 일자리를 찾을 수 있었지만, 가족과 고생하시는 어머니 곁을 떠나야 했고 도시의 약아빠진 사람들을 상대해야 했다. 들판에서 동물들과 8년을 보낸 아버지에게는 그럴만한 배짱이 부족했다.

아버지는 건실했다. 그러니까 노동자치고 게으르지도 않았고, 술도 마시지 않았으며, 방탕한 생활을 즐기지도 않았다. 극장과 찰스턴 댄스는 즐겼지만, 술집에는 가지 않았다. 상사들이 좋게 봤고, 노조도 정치도 하지 않았다. 아버지는 자전거를 샀다. 그리고 매주 돈을 저축했다.

어머니는 마가린 공장에서 일하다가 끈 제조 공장에 들어가 아버지를 만났다. 그녀는 아버지의 그런 모든 점을 마음에 들어 했을 것이다. 아버지는 키가 컸고, 갈색 머리에 파란 눈이었고, 자세가 매우 꼿꼿했으며, 약간의 '자신감'도 있었다. "우리 남편은 절대 노동자 같지 않았어."

어머니는 아버지를 잃었고, 외할머니는 남은 여섯 명의 아이들을 키우기 위해 집에서 직물을 짜고 세탁과 다림질을 했다. 일요일이면 어머니는 자매들과 빵집에서 과자 부스러기 한 봉지를 샀다. 그들은 바로 만날 수 없었다. 할머니가 당신의 딸들을 너무 일찍 뺏기는 것을 원치 않아 했기 때문이었다. 매번 월급의 3/4이 날아가 버리니까.

부잣집에서 일했던 아버지의 누이들은 어머니를 무시했다. 공장에 다니던 여자들은 자고 일어난 자리를 잘 정리하지 못하고 뛰어다닌다고 비난받았다. 마을에서는 어머니를 행실이 좋지 않은 사람으로 봤다. 어머니는 잡지에 나오는 유행을 따라 하길 원했고, 처음으로 머리를 자른 사람 중 하나였으며, 짧은 원피스를 입고 눈화장을 하고 손톱에 매니큐어를 발랐다. 어머니는 큰 소리로 웃었다. 사실 그녀는 화장실에서 누군가 자신을 만지게 그냥 두는 사람이 아니었다. 일요일마다 미사에 나갔고, 당신이 직접 침대보에 장식용 구멍을 내고, 혼수에 수를 놓았다. 활기차고 당찬 여공이었다. 어머니가 가장 즐기는 말은 '내가 저 사람들보다 못하진 않아'였다.

결혼사진 속에 어머니는 무릎을 드러내고 있다. 그녀는 이마에서 눈 위까지 조이는 베일 속에서 카메라 렌즈를 뚫어지게 바라보고 있다. 사라 베르나르[1]를 닮았다. 아버지는 어머니 옆에 서 있다. 작은 콧수염이 있고, '파이 주걱만큼' 깃이 넓은 옷을 입었다. 그들은 둘 다 미소 짓고 있지 않다.

---

1 프랑스의 여자 연극배우.

그녀는 늘 사랑을 부끄럽게 생각했다. 그들은 서로를 어루만지지도 않았고 다정한 행동도 하지 않았다. 내 앞에서 그는 마치 떠밀려 하는 듯 어머니에게 갑자기 머리를 들이밀어 볼에 키스를 하기도 했다. 그는 줄곧 어머니를 뚫어지게 보면서 일상적인 것들을 말했고, 어머니는 눈을 내리깔고 웃음을 참았다. 자라면서 아버지가 어머니에게 성적인 농담을 했다는 것을 알게 됐다. 그는 콧노래로 〈내게 사랑을 말해 줘요〉를 자주 불렀고, 그녀는 가족 식사 자리에서 〈당신을 사랑하기 위한 내 몸이 여기 있어요〉를 불러 사람들의 마음을 뒤흔들어 놓았다.

그는 부모의 가난을 답습하지 않는 데 필요한 것, 즉 여자한테 홀려 넋을 빼놓지 않아야 함을 배웠다.

그들은 Y시에 셋집을 얻었다. 사람이 많이 다니고 집이 다닥다닥 붙어 있는 길에 있는 집이었는데, 건너편에는 공용 마당이 있었다. 아래층에 방 두 개, 위층에 방 두 개가 있었다. 무엇보다 어머니는 '위층에 있는 방'이라는 꿈을 이루게 됐다. 아버지가 모아둔 돈으로 그들은 필요한 것을 모두 얻었다. 식당, 거울이 달린 옷장이 있는 방. 여자아이가 태어났고, 어머니는 집에 머물렀다. 그녀는 지루함을 느꼈다. 아버지는 끈 제조 공장보다 보수가 더 나은 기와장이 밑에서 하는 일을 찾았다.

가게를 열자고 한 것은 어머니의 아이디어였다. 어느 날, 사람들이 아버지를 데려왔다. 지붕 골조를 수리하다 추락했는데 말을 할 수 없는 상태였지만, 불행 중 다행히도 그저 큰 충격만 받았을 뿐이었다. 그들은 다시 돈을 모으기 시작했고, 빵과 가공육을 많이 먹었다. 가능한 모든 가게 중에 그들이 고를 수 있는 것은, 자본금이 많이 필요하지 않고 특별한 기술이 없어도 되는 것, 상품을 사고팔기만 하면 되는 가게뿐이었다. 수익이 많이 나오지 않아서 그리 비싸지 않은 가게. 일요일에는 자전거를 타고 동네에 있는 술집들과 시골의 식품과 잡화를 파는 가게들을 보러 갔고, 근처에 경쟁 가게가 있는지 알아봤다. 그들은 사기를 당하거나 모든 것을 다 잃고 다시 **노동자로 전락하는 것**을 두려워했다.

르아브르에서 삼십 킬로미터 떨어져 있는 L시는 겨울에는 온종일 안개가 내려앉아 있는 곳이었다. 특히 도시에서 강을 따라 가장 움푹 팬 부분, 골짜기, 라발레가 그렇다. 한 섬유 공장을 둘러싸고 노동자 거주지가 형성됐다. 50년대까지 지역에서 가장 큰 공장으로, 데주느테 가문의 소유였다가 부사크[1]에게 넘어갔다. 여자들은 학

---

1 직물 제조업을 전문으로 하는 프랑스 기업.

교를 졸업하면 직물공장에 들어갔고, 나중에 탁아소에서 그녀들의 아이들을 아침 6시부터 받아줬다. 남자들의 4분의 3도 그곳에서 일했다. 골짜기 가장 안쪽에 라발레의 유일한 카페 겸 식료품점이 있었다. 천장이 너무 낮아서 손을 뻗으면 닿았다. 공간은 너무 어두워서 대낮에도 전깃불을 켜야만 했고, 코딱지만 한 작은 안뜰에 화장실이 있었는데, 바로 강물에 흘려 보내졌다. 그들이 장식에 무관심했던 것은 아니다. **다만 먹고 사는 일이 더 중요했을 뿐.**

그들은 대출로 기반을 마련했다.

처음에는 낙원이었다. 음식과 음료수, 가공육 통조림, 과자 상자가 있는 선반. 그들은 이제 이토록 간단하게 돈을 번다는 사실을 놀라워했다. 몸을 쓰는 일이 무척 줄었다. 주문하고, 정리하고, 무게를 재고, 계산을 하고, 정말 감사합니다, 라고 말하기만 하면 됐다. 처음 며칠은 가게에 종이 울리면 둘이 동시에 벌떡 일어났고, "또 필요한 건 없으세요?"라고 의례적인 질문을 반복했다. 그들은 즐겼고, 사람들은 그들을 사장님이라고 불렀다.

장바구니에 물건을 담은 후 낮은 목소리로, 요즘 조금 힘든데 토요일에 계산해도 되냐고 묻는 첫 번째 여자와 함께 의심이 찾아왔다. 그 이후로 다른 여자가 그랬고, 또 다른 여자도 그랬다. 외상 아니면 공장으로 되돌아가기. 그들에게는 외상이 덜 나쁜 해결책처럼 보였다.

그 상황에 맞서기 위해서는 무엇보다 욕망을 없애야 했다. 일요일을 제외하고는 식전주를 마시거나 맛있는 통조림을 먹어서는 절대 안 됐다. 그들이 잘 산다는 것을 보여 주기 위해 배부르게 먹였던 형제자매들에게 냉정해야만 했다. 끊임없이 **원금을 까먹을까 봐** 두려움을 느꼈다.

그 무렵 겨울에 나는 자주 숨을 헐떡이며, 배를 주린 채로 학교에 갔다. 우리 집에 불이 켜진 것은 아무것도 없었다. 두 사람 모두 부엌에 있었는데, 아버지는 식탁에 앉아 창문 밖을 바라봤고, 어머니는 가스레인지 옆에 서 있었다. 겹겹의 침묵이 내 위로 떨어졌다. 때로는 그 혹은 그녀가 "팔아야 해"라고 말했다. 더는 숙제를 할 필요가 없었다. 사람들은 쿠프[1], 파밀리스테르[2], 어디든 **다른 곳**으로 갔다. 아무것도 모르고 가게 문을 여는 손님은 극도의 조롱처럼 느껴졌다. 그는 개 같은 대우를 받았고, 오지 않는 모두를 대신해 돈을 냈다. 세상은 우리를 버렸다.

---

1 협동조합.
2 창고형 마트.

라발레의 카페 겸 식료품점의 수입은 노동자의 월급보다 못했다. 아버지는 센강 하류 지역의 공사장에 취직해야만 했다. 그는 커다란 장화를 신고 물속에서 일했다. 모두가 수영을 할 줄 아는 것은 아니었다. 어머니는 온종일 혼자 가게를 지켰다.

반은 장사꾼, 반은 노동자, 양쪽에 발을 걸치면서 그는 외로움과 불신을 느낄 수밖에 없었다. 그는 노조에 가입하지 않았고, L시에서 행진하는 크루아드퓌[3]와 자신의 재산을 앗아갈 수도 있는 공산주의자들을 두려워했다. 그는 자신의 생각을 혼자만 간직했다. **장사하는 데에 그런 건 필요하지 않다고.**

그들은 자신들보다 겨우 조금 더 나은 가난한 사람들과 관계를 맺으며 조금씩 자리를 잡았다. 외상은 그들과 형편이 가장 어려운 노동자 가정들을 엮어줬다. 다른 사람들의 결핍으로 살았지만, 그들을 이해했기에 '장부에 외상을 다는 것'을 거절하는 일은 드물었다. 그럼에도 불구하고 돈을 갚을 대책이 없는 사람들에게 훈계할 권리나 애 엄마가 일부러 주말에 돈도 쥐여 주지 않고 물건을 사 오라고 보낸 아이에게 "너희 엄마한테 외상값 좀

---

3 파시즘 성향의 프랑스 우익 정당.

갚으라고 전해라, 아니면 다시는 안 팔 거라고"라며 엄포를 놓을 권리가 있다고 생각했다. 그곳에서 그들은 더이상 가장 굴욕을 당하는 입장이 아니었다.

그녀는 하얀 블라우스를 입은, 완전한 권위를 가진 사장이었다. 그는 작업복 차림으로 서빙을 했다. 그녀는 다른 여자들처럼 "내가 저걸 사면, 내가 거기에 가면, 남편한테 혼날 거예요"라는 말을 하지 않았다. 그녀는 아버지를 군대에 있을 때부터 가지 않게 됐다는 미사에 다시 보내기 위해, 아버지의 **나쁜 버릇**(말하자면 농부와 노동자의 버릇)을 고치기 위해 **그와 전쟁을 했다**. 그는 어머니에게 주문과 매출을 관리하는 일을 맡겼다. 그녀는 어디든 갈 수 있는 여자, 그러니까 사회적 장벽을 넘을 수 있는 여자였다. 그는 어머니를 대단하다고 여겼지만, 어머니가 "배에서 가스가 샜네"라고 말할 때는 어머니를 비웃기도 했다.

그는 센강 하구에 있는 스탠더드 정유 공장에 들어가서 야간 교대 근무를 했다. 낮에는 손님들 때문에 잠을 자지 못했다. 그는 퉁퉁 부어 있었고, 몸에서는 석유 냄새가 없어지질 않았다. 그 냄새는 그의 몸에 뱄고, 그것이 그를 먹여 살렸다. 그는 아무것도 먹으려 하지 않았다. 그렇게 꽤 많은 돈을 벌었고, 보장된 미래가 있었다.

사람들은 노동자들에게 욕실과 실내 화장실, 정원이 있는 아름다운 주택단지를 약속했다.

라발레에는 가을 안개가 온종일 걷히질 않았다. 비가 많이 내릴 때면 물에 집이 잠겼다. 그는 물쥐를 없애기 위해 털이 짧은 암캐 한 마리를 샀다. 그 개는 쥐들의 등뼈를 단번에 부숴버렸다.

"우리보다 불행한 사람들도 있었어."

36년, 꿈을 꿨던 기억, 짐작도 하지 못했던 권력에 대한 놀라움 그리고 그 권력을 유지할 수 없을 것이라는 체념의 확신도.

카페 겸 식료품점은 문을 닫는 일이 없었다. 그는 유급 휴가를 가게에서 일을 하며 보냈다. 가족은 늘 다시 찾아왔고 대접을 받았다. 그들은 주물공이나 철도청에서 일하는 매형에게 잘사는 모습을 보여줄 수 있다는 것에 행복했다. 사람들은 뒤에서 그들을 부자 취급하며 욕했다.

그는 술을 마시지 않았다. 그는 '**자신의 자리를 지키려**' 했다. 노동자보다는 상인으로 보이고 싶어 했다. 정유 공장에서 그는 반장으로 승진했다.

나는 천천히 쓰고 있다. 사실과 선택의 집합에서 한 인생을 잘 나타내는 실타래를 밝혀내기 위해 애쓰면서, 조금씩 아버지만의 특별한 모습을 잃어가는 듯한 기분이다. 글의 초안이 온통 자리를 차지하고, 생각이 혼자 뛰어다닌다. 반대로 기억의 장면들이 슬며시 미끄러져 들어오게 두면, 아버지의 있는 모습 그대로가 보인다. 그의 웃음, 그의 걸음걸이, 그가 내 손을 잡고 장터에 데려가고, 나는 놀이기구를 두려워한다. 다른 이들과 나눴던 상황의 모든 조건들이 중요하지 않게 된다. 나는 매번 개인적이라는 함정에서 빠져나온다.

물론 들었던 단어와 문장에 최대한 가깝게 써야 하는 이런 작업에서 글쓰기의 행복이란 전혀 존재하지 않는다. 때때로 볼드체로 강조했던 문장들은 독자들에게 중의적인 의미를 나타내거나, 내가 모든 형식에서 거부했던 향수, 감동, 조롱을 공모하는 쾌락을 주기 위한 것이 아니다. 그저 그 단어와 문장이 아버지가 살았던 세계이자 내가 살았던 세계이기도 한 곳의 한계와 색깔을 말해주기 때문이다. 그리고 그곳에서는 어떤 단어를 다른 단어로 받아들이는 법이 없었다.

어느 날 소녀는 목이 아프다며 학교에서 돌아왔다. 열이 내려가지 않았다. 디프테리아였다. 라발레에 사는 다른 여자애들과 마찬가지로 그 아이도 예방 접종을 하지 않았다. 그 소녀가 죽었을 때 아버지는 정유 공장에 있었다. 사람들은 그가 돌아왔을 때, 길 위쪽에서부터 울부짖는 소리가 들렸다고 했다. 몇 주 동안 넋이 나가 있었다. 그리고 심한 우울증이 이어졌다. 그는 아무 말 없이 식탁의 자기 자리에서 창문 밖만을 바라봤다. 이유 없이 **자신의 몸을 때렸다.** 어머니는 블라우스에서 꺼낸 헝겊으로 눈물을 훔치며 이렇게 말했다. "그 애는 작은 성녀처럼 일곱 살에 죽었어."

강변의 작은 뜰에서 찍은 사진 한 장. 소매를 걷어 올린 하얀색 셔츠, 플라넬 소재인 듯한 바지, 축 늘어진 어깨, 살짝 불룩한 팔. 불만족스러운 표정, 아마도 포즈를 취하기 전에 사진에 찍혀 놀란 듯하다. 그는 마흔 살이다. 사진 속 그에게서 불행 혹은 희망을 짐작할 만한 것은 거의 아무것도 보이지 않는다. 단지 약간 나온 배, 관자놀이 부분에 숱이 적어진 검은 머리카락이 세월의 흔적을 분명하게 나타낼 뿐이다. 그리고 그보다 더 은밀하게 사회적 환경을 나타내는 것은 그의 붙지 않는 팔과 소시민의 눈이라면 사진의 배경으로 고르지 않았을 화장실과 세탁실이다.

1939년, 그는 이미 나이가 너무 많아서 징집 대상이 아니었다. 독일군에 의해 정유 공장에 불이 났고, 임신 6개월이었던 어머니가 차의 한 좌석을 얻어 타고 떠나는 사이에 아버지는 자전거를 타고 피난을 떠났다. 그는 퐁토드메르에서 얼굴에 폭탄 파편을 맞은 후에 유일하게 문이 열려 있던 약국에서 치료를 받았다. 폭격은 계속됐다. 그는 리지외 대성당 계단에서 아이들과 함께 보따리를 들고 있는 장모와 처제들을 다시 만났다. 광장에서처럼 피난민들이 새까맣게 모여 있었다. 그들은 보호를 받고 있다고 믿었다. 독일군들이 거기까지 오자 그는 L시로 돌아갔다…… 식료품점은 떠나지 못한 사람들에게 탈탈 털렸다. 이번에는 어머니가 돌아왔고 나는 그다음 달에 태어났다. 학교에서 어떤 문제를 이해하지 못하면, 우리는 전쟁의 아이들로 불렸다.

50년대 중반까지 성체배령식이 있는 날의 식사 자리나 크리스마스이브에는 그 시절을 노래하는 서사시가 여러 목소리로 읊어지고 1942년 겨울 동안 겪었던 공포와 배고픔과 추위를 주제로 다룬 이야기가 언제나 끝없이 되풀이될 것이다. **어쨌든 살아야 했다**는 말과 함께.

아버지는 매주 L시에서 30km 떨어진 어느 창고에서 도매업자들이 더는 배달해 주지 않는 물건들을 짐수레에 실어 자전거로 가져왔다. 1944년 그는 폭격이 멈추지 않는 노르망디의 그 구역에서 노인들과 대가족, 암거래를 하지 못하는 사람들을 위한 추가분을 간청하면서 보급용 물자를 계속 구하러 다녔다. 그는 라발레의 보급 물자를 나르는 영웅이었고, 그것은 선택이 아니라 필요에 의한 것이었다. 훗날 그는 그 시절에 자신이 어떤 역할을 했으며, 진짜 살아냈음을 확신하게 된다.

일요일에는 가게 문을 닫고 숲속을 산책하거나 달걀이 들어가지 않은 푸딩을 가지고 피크닉을 갔다. 그는 나를 무동을 태우고 노래를 하거나 휘파람을 불었다. 경보가 울리면, 우리는 카페의 당구대 밑으로 개를 데리고 들어갔다. 이 모든 것에 '운명이었다'는 감정이 이어졌다. 해방이 되자 그는 내게 〈라마르세예즈〉[1]를 가르쳐 주며, '고랑 — sillon'이라는 말과 라임을 맞추기 위해서 〈돼지 떼들 — tas de cochons〉이라는 노래를 덧붙였다. 그의 주변에 있던 이들처럼 그도 매우 유쾌한 사람이었다. 그는 비행기 소리가 들리면 내 손을 잡고 거리로 나가 내게 하늘을, 새를 보라고 말했다. 전쟁이 끝났던 것이다.

그는 1945년에 당시의 막연했던 기대감에 이끌려 라

---

1 프랑스 국가.

발레를 떠나기로 했다. 나는 자주 아팠고, 의사는 나를 요양소로 보내려 했다. 그들은 Y시로 돌아가기 위해 가게를 팔았다. 바람이 많이 불고, 냇물이나 강이 없는 곳이라 건강에 좋으리라 생각했던 것이다. 이삿짐 트럭 앞자리에 앉아 Y시에 도착했다. 10월의 장터가 한창이었다. 도시는 독일군에 의해 불에 탔고, 잔해들 사이로 가건물들과 놀이 기구들이 솟아올라 있었다. 3개월 동안 친척 중 한 명이 빌려준 방 두 칸짜리 집에서 살았다. 가구는 마련돼 있었지만 전기가 들어오지 않았고, 바닥은 황토로 된 곳이었다. 그들의 경제적 능력으로 살 수 있는 가게는 없었다. 그는 시청에 고용되어 폭탄으로 생긴 구멍을 메우는 일을 했다. 저녁이 되면 그녀는 오래된 화덕을 둘러싸고 있는 행주걸이 봉을 붙잡으며 말했다. "꼴 좋네." 그는 한 번도 대꾸하지 않았다. 그녀는 오후에 나를 데리고 온 시내를 돌아다녔다. 중심가만이 폐허가 됐고, 가게들은 일반 가정집에서 영업을 했다. 결핍을 헤아릴 수 있는 장면이 하나 있다. 어느 날 날은 이미 어둑해졌고, 거리에 유일하게 불 켜진 작은 창문의 진열대에서 분홍색 사탕, 타원형 사탕, 하얀 설탕 가루가 뿌려진 사탕이 셀로판 봉지에 담겨 반짝였다. 그러나 우리에게는 그림의 떡이었다. 입장권이 필요했다.

그들은 요양원과 기차역 중간에 있는 변두리 동네에서 나무와 석탄을 파는 카페 겸 식료품점을 발견했다. 옛날, 어머니가 어릴 적에 심부름하러 다녔던 곳이었다. 시골 농부의 집 한쪽 끝을 빨간 벽돌로 확장한 곳으로 큰 마당과 정원, 창고로 쓰는 건물이 대여섯 채 있었다. 1층의 식료품점과 카페는 아주 좁은 방으로 연결되어 있는데, 계단이 있어서 방과 다락방으로 이어졌다. 그 방은 주방이 됐지만 손님들은 늘 식료품점에서 카페로 넘어가는 통로로 이용했다. 계단 층계, 방 앞에는 습기를 먹을까 염려되는 상품들, 커피나 설탕 같은 것들이 쌓여 있었다. 1층에는 개인적인 공간이라고 할 만한 곳이 전혀 없었다. 화장실은 마당에 있었다. 우리는 마침내 **맑은 공기**를 마시며 살게 됐다.

노동자로서 아버지의 삶은 여기서 끝난다.

가게 근처에는 여러 카페가 있었지만, 넓은 반경 안에 다른 식료품점은 없었다. 오랫동안 중심가는 폐허 상태로 남아 있었고, 전쟁 전 좋았던 식료품점들은 누런 가건물에 임시로 자리를 옮겨간 상태였다. 그들에게 **해를 끼칠** 사람은 아무도 없었다. (다른 많은 표현들이 그렇듯이 이 표현 역시 내 어린 시절과 떼려야 뗄 수 없다. 나는 성찰하는 노력으로 이 표현 안에 내포된 위협적인 의미를 이해할 수 있었다.) 이 동네 주민들은 L시에 비해 노동자들이 적었고, 수공업자, 가스 회사 혹은 중간 규모 공장의 직원들, '경제적으로 취약한' 퇴직자들로 구성되어 있었다. 사람들 간의 거리가 더 멀었던 것이다. 규석으로 지은 주택들이 철책으로 분리되어 있었고, 대여섯 세대가 마당을 공유하며 사는 단층 빌라들과 나란히 붙어 있었다. 곳곳에 채소를 가꾸는 작은 밭이 있었다.

주로 단골들이 찾는 카페였다. 퇴근 전후로 와서 신성한 자리를 차지하는 단골 술꾼들, **처지를** 생각하면 덜 서민적인 가게를 선택할 수도 있었던 몇몇 손님들, 퇴직한 해군 장교, 사회 보장 기관의 조사관, 그러니까 **내세울 것 없는 사람들**. 일요일에 오는 손님들은 다르다. 11시경에 식전주를 마시기 위해 오는 온 가족, 아이들은 석류 시럽을 탄 물을 마신다. 오후에는 6시까지 자유 시간을 누리는 요양원의 노인들이 온다. 그들은 유쾌하고 시끄럽게 사랑 노래를 부른다. 어떤 때는 한 잔 더를 외치다가 과음한 이들을 수녀님들에게 돌려보내기 전에 술을 깨우기 위해 건물 마당에 담요를 깔고 눕히기도 했다. 그들에게는 일요일의 카페가 가족이었다. 아버지는 자신이 사회에 필요한 임무를 수행하고 있으며, "그가 늘 저랬던 것은 아니야"라고 말하면서도 왜 그렇게 됐는지 분명한 이유를 설명할 수 없는 모든 이들에게 축제와 자유의 장소를 제공하고 있다는 사실을 알고 있었다. 그러나 이런 곳에 절대 발을 들이지 않는 사람들에게는 분명 그저 그런 '선술집'일 뿐이었다. 근처 속옷 공장에서 일을 마친 여자들이 생일과 결혼식, 사직을 기념하기 위해 술을 마시러 왔다. 그녀들은 식료품점에서 비스킷 몇 통을 사서 스파클링 와인에 찍어 먹으며, 테이블 위로 몸을 반으로 접으면서 한바탕 웃음을 터트렸다.

글을 쓰며 하류라 여겨지는 삶의 방식에 대한 명예 회복과 그에 따른 소외를 고발하는 일 사이에서 좁다란 길을 본다. 이러한 삶의 방식은 우리의 것이었고 심지어 행복하기도 했으며, 우리가 살던 환경의 수치스러운 장벽들('우리 집은 잘살지 못한다'는 인식)이기도 했으니까. 행복이자 동시에 소외라는 말을 하고 싶은 것이다. 아니 그보다도 이 모순 사이에서 흔들리는 느낌이다.

쉰 무렵의 그는 여전히 혈기 왕성하다. 고개는 꼿꼿하고, 마치 사진이 잘 나오지 않을까 두려워 걱정하는 얼굴이다. 옷을 한 벌로 입었다. 짙은 색깔의 바지와 셔츠 그리고 넥타이 위에 밝은 색깔의 재킷. 일요일에 찍은 사진이다. 주중에는 작업복 차림이었으니까. 어쨌든 사진은 일요일에 찍었다. 시간상 더 여유로웠고, 옷차림도 더 말끔했기 때문이다. 나는 그의 옆에 있다. 펄럭이는 원피스에 쭉 뻗은 팔은 나의 첫 자전거 핸들을 잡고 있으며, 한 발은 땅에 내딛고 있다. 그는 한 손은 늘어뜨리고 다른 한 손은 벨트를 붙잡고 있다. 배경으로 카페의 열린 문, 창가의 꽃, 그 위로는 주류 소매 허가증이 보인다. 우리는 소유하고 있다는 사실이 자랑스러운 것들과 함께 사진을 찍었다. 가게, 자전거, 나중에는 르노 4CV, 그는 재킷을 과장되게 올리는 몸짓을 하며 자동차 지붕에 한 손을 올리고 있다. 어떤 사진 속에도 그가 웃고 있는 모습은 없다.

정유 공장에서 하루에 8시간 교대 근무를 하고 쥐가 나오던 라발레의 젊은 시절과 비교하면 확실히 행복해 보인다.

필요한 것은 모두 있었다. 그러니까 우리는 실컷 먹었고(그 증거로 정육점에서 고기를 일주일에 네 번 샀다), 우리가 생활하는 주방과 카페는 따뜻했다. 옷이 두 개 있었는데, 하나는 평상복, 다른 하나는 일요일에(평상복이 낡으면 일요일 옷이 평상복이 됐다). 나는 학교에 입고 다니는 블라우스가 두 벌이었다. 무엇도 부족한 것 없는 소녀였다. 기숙사에서는 내가 다른 애들보다 못하다고 말할 수 없었다. 나는 인형이나 지우개, 연필깎이, 겨울 털신, 묵주, 로마 미사 경본 같은 것을 농부 또는 약사의 딸들만큼 갖고 있었다.

그들은 노출된 들보, 벽난로, 나무 테이블, 밀짚으로 된 의자 같은, 구식이라고 불렸던 것들을 없애면서 집을 예쁘게 꾸밀 수 있었다. 꽃무늬 벽지와 광택이 나는 칠을 한 계산대, 테이블과 모조 대리석으로 된 작은 원탁, 카페는 깨끗하고 환해졌다. 방의 바닥에는 노란색과 갈색의 커다란 바둑판무늬의 깔개를 덮었다. 오랫동안 유일한 불만은 목재 골조로 된 건물의 외관이었다. 희고 검은 줄무늬가 있는 그곳에 초벽을 바르는 것은 그들의 능력 밖의 일이었다. 초등학교 여교사 중 한 명이 딱 한 번, 집이 예쁘다고, 진짜 노르망디식 집이라고 말한 적이 있었는데, 아버지는 그녀가 예의상 그렇게 말한 것이라고 믿었다. 마당의 양수기, 노르망디식 목재 골조 같은 우리가 가진 낡은 것들에 감탄하는 사람들은 분명 그들이 이미 가진 수돗물이 나오는 싱크대나 하얀 단독 주택 같은 모던한 것들을 갖지 못하게 방해하고 싶은 게 뻔했기 때문이다.

그는 벽과 부지를 소유하기 위해 돈을 빌렸다. 그의 가족 중 누구도 갖지 못한 것이었다.

이 행복 속에는 간신히 얻게 된 여유로운 생활에 대한 긴장감이 있었다. **나는 팔이 네 개가 아니야. 화장실 갈 시간도 없다고. 나는 몸살도 걸어 다니면서 앓아야 한다니까!** 등등, 매일 불평을 했다.

모든 것이 **비싸기만 했던** 세계의 모습을 어떻게 그릴 수 있을까. 10월 아침의 상쾌한 세탁물 냄새, 머릿속을 맴도는 라디오에서 나온 마지막 노래. 갑자기 내 원피스 주머니가 자전거 핸들에 걸려 찢어진다. 참사다. 비명이 이어지고, 그날 하루는 그렇게 끝난다. "이 계집애는 **아끼는 법이 없어!**"

물건들을 신성하게 여길 수밖에 없다. 타인의 말이든 내 말이든 주고받는 모든 말속에서 선망과 비교를 의심한다. 내가 "샤또드라루아르에 놀러 간 여자애가 있어"라고 말을 꺼내자마자 "너는 앞으로 거기 얼마든지 갈 수 있잖아. 가진 것에 만족할 줄 알아야지!"라며 화를 낸다. 끝을 알 수 없는, 계속되는 결핍을 느낀다.

그렇지만 욕망을 위한 욕망이었을 뿐이다. 사실상 무엇이 아름다운지, 무엇을 좋아해야 하는지 알지 못했으니까. 아버지는 **유행하는** 색깔과 모양을 따르기 위해 페인트공, 소목공의 충고를 늘 따랐다. 하나씩 물건을 골라 꾸밀 수 있다는 생각까지는 하지 못했다. 그들의 방은 장식이 전혀 없었다. 액자에 넣어 둔 사진과 어머니날 기념용으로 제작된 깔개 몇 장, 벽난로 위, 가구 상인이 코지 코너[1]를 살 때 덤으로 받은 자기(瓷器)로 된 어린아이 흉상 하나가 전부였다.

분수를 알아야 해, 그가 늘 하던 말이다.

부적절한 행동을 하지 않을까, 창피를 당하지 않을까 두려워했다. 어느 날, 그는 실수로 이등석 열차표를 갖고 일등석에 올라탔다. 검표원은 그에게 추가 요금을 내게 했다. 또 다른 창피한 기억으로는 공증인 사무실에서 일어난 일이 있다. 처음으로 '위의 내용을 읽고 동의함'이라고 적어야 했다. 그는 그 문장을 어떻게 써야 하는지 몰랐고, '위의 내용을 읽고 증명할 것'[2]이라고 쓰고 말았다. 돌아오는 길에 그는 이 실수를 계속 곱씹으며 거북해

---

1   방 구석에 놓는 장식장이 달린 긴 의자 혹은 작은 침대.
2   동의함 Approuvé와 증명해야 할 것의 의미인 À prouver는 발음이 거의 같다.

47

했다. 수치심으로 얼굴에 그늘이 졌다.

그 시절에는 코미디 영화에서 시골 출신의 순진한 주인공들이 도시나 사교계에서 엉뚱하게 행동하는 모습을 자주 보여줬다(부르빌이 맡았던 역할들). 그들은 사람들이 행여 자신들이 그럴까 염려하는 일들을 저지르는 촌사람들을 연기했고, 사람들은 그들이 말하는 바보 같은 소리나 그들이 저지르는 실수들에 눈물을 흘리며 깔깔거렸다. 한번은 수습공 베카신 이야기를 책에서 읽었는데, 아기 턱받이에 수놓는 작업을 하던 그녀가 다른 턱받이에 **상동**(上同)이라 적혀 있는 것을 보고 새가 아닌 **상동**이란 말을 작은 점으로 수놓았다는 내용이었다. 나는 나 역시 **상동**이란 말을 수놓지 않았을 것이라 확신할 수 없었다.

그는 중요하다고 여겨지는 사람들 앞에서 뻣뻣해지고 소심해졌으며, 어떤 질문도 하지 못했다. 한 마디로 영리하게 처신했다. 이 경우 열등함을 인식하되 그것을 최대한 숨기면서 거부하는 것을 말하는 것이다. 우리는 저녁 내내 교장 선생님이 "이 역할을 위해 따님이 **외출복**을 입으면 될 거예요"라고 한 말이 무슨 뜻인지를 고심하기도 했다. 우리가 지금의 우리가 아니었다면, 다시 말해 열등하지 않았다면 분명 알 수 있었던 것을 모른다는 사실이 부끄러웠다.

강박 관념: '사람들은(이웃, 손님들, 모두) 우리를 어떻게 생각할까?'

규칙: 예의를 차린 행동과 의견 부재와 당신에게 영향을 미칠 상대의 기분에 세심한 관심을 기울이면서, 타인의 비판적인 시선을 피할 것. 아버지는 삽질을 하는 주인이 제스처를 취하거나 미소 혹은 몇 마디를 건네며 그를 부르지 않으면, 정원에 있는 채소에도 눈길을 주지 않았다. 누군가 병원에 입원해도 초대받지 않으면 절대 찾아가는 법이 없었다. 어떤 호기심도, 상대에게 주도권을 넘겨주는 선망도 내비치지 않았다. "이거 얼마 주고 샀어요?"는 금지된 문장이었다.

나는 지금 줄곧 '우리'라고 말하고 있다. 오랫동안 이러한 방식으로 생각해 왔고, 언제 이런 방식으로 행동하는 것을 그만뒀는지 모르기 때문이다.

내 조부모의 유일한 언어는 사투리였다. '사투리의 생생함'과 서민적인 프랑스어를 좋아하는 사람도 있다. 예를 들면 프루스트는 프랑수아즈의 부정확한 표현들과 옛날 말들에 황홀해하며 그것을 강조했다. 그가 오직 사투리의 미학적인 것만을 중요시했던 것은 프랑수아즈가 그의 하녀이지 자신의 어머니가 아니었기 때문이며, 그 자신도 입에서 이런 표현이 자연스럽게 나오는 것을 느껴본 적이 없기 때문이다.

아버지에게 사투리는 낡고 추한 어떤 것이자 열등의 표식이었다. 그는 일부를 떨쳐버렸다는 것을 자랑스럽게 여겼다. 그의 프랑스어는 훌륭한 수준은 아니었지만 어쨌든 표준어였다. Y시에서 열리는 자선 바자회에서 노르망디 전통복 차림으로 입담 좋은 사람들이 사투리로 원맨쇼를 하면 사람들이 웃곤 했다. 그 지방 신문에는 독자들을 웃기기 위한 노르망디 기사가 있었다. 의사 혹은 **고위직**의 누군가가 대화 중에 "부인은 괜찮습니다"라는 말 대신 "부인께서 방귀를 힘차게 뀌시네요"라는 코 지방식 표현을 슬쩍 건네면, 아버지는 흡족해하며 의사의 말을 어머니께 전했다. 그토록 세련된 사람들에게 우리와 공통된 어떤 것, 즉 약간의 저급함이 있다고 믿으며 기뻐했다. 그는 그들이 자신도 모르게 뱉어낸 말이라고 확신했다. 그에게는 천성적으로 '올바르게' 말하는 것이란 불가능한 것이었기 때문이다. 의사든 신부든 자신의 집에서는 되는대로 말할지언정, 스스로 노력해야 하고, 자신의 말에 귀 기울여 들어야 했던 것이다.

그는 카페에서나 가족들 사이에서는 말이 많았지만, 말을 잘하는 사람들 앞에서는 입을 다물거나 말을 하다가 갑자기 멈추고 "그렇지 않나요?" 또는 그저 "아니요"라고 말하며 상대에게 자신의 말을 이해해 달라거나 자신의 말을 이어가 달라는 듯한 손짓을 했다. 늘 조심스럽게 말을 했으며, 실수로 방귀를 뀐 것만큼이나 나쁜 인상을 줄 수 있는 잘못된 단어를 쓸까 봐 말할 수 없는 두려움을 느꼈다.

그렇지만 그는 '별 의미 없는' 거창한 문장이나 새로운 표현들을 매우 싫어했다. 한때 모두가 걸핏하면 '확실히 아니야'라는 표현을 썼는데, 그는 모순되는 두 단어로 말하는 것을 이해하지 못했다. 진보적인 사람으로 보이고 싶어서 전혀 확신이 없어도 자신이 듣거나 읽었던 말을 시험 삼아 써보는 어머니와는 다르게, 자신의 언어가 아닌 말들을 쓰는 것을 거부했다.

어릴 적 고상한 언어로 나를 표현하려 노력할 때면 허공에 몸을 던지는 기분이 들었다.

내가 상상 속에서 느꼈던 공포 중 하나는 교사인 아버지가 끊임없이 내게 단어를 또박또박 끊어서 똑바로 말하라고 강요하는 것이었다. 사람들은 입 전체를 사용해서 말했다.

여선생님이 내 언어를 '고쳐 주셨기' 때문에, 훗날 나는 아버지에게 '자빠지다' 또는 '15분 남은 11시'라는 표현은 **존재하지 않는다는 것**을 알려주며 고쳐주려 했다. 그는 격렬하게 화를 냈다. 또 한 번은 "엄마, 아빠가 항상 그렇게 엉터리로 말하는데 내가 어떻게 선생님께 혼나지 않을 수가 있겠어!"라고 말하며 울어버렸다. 그는 서글픔을 느꼈다. 내 기억 속에 언어에 관한 모든 것은 돈 문제보다 더한 원망과 아픈 언쟁의 원인이었다.

그는 유쾌했다.

웃는 걸 좋아하는 손님들과 농담을 주고받았다. 은근한 음담패설, 배설물에 대한 이야기였다. 풍자 같은 것은 몰랐다. 라디오로 가요나 게임에 관한 방송을 들었고, 언제나 서커스, 유치한 영화, 불꽃놀이를 보러 나를 데려가곤 했다. 장이 서면 히말라야라는 유령 열차를 타고, 세상에서 가장 뚱뚱한 여자와 난쟁이를 보러 들어갔다.

그는 박물관에 단 한 번도 발을 들인 적이 없었다. 아름다운 정원, 꽃이 핀 나무들, 벌집 앞에 멈춰 섰고, 통통한 여자애들을 봤다. 거대한 건축물과 현대적인 대규모 공사(탕카르빌 다리)에 감탄했다. 서커스 음악과 차를 타고 시골길을 달리는 것, 그러니까 부글리온 서커스 악단의 음악을 들으며 들판과 너도밤나무를 훑어보는 것을 좋아했고, 그럴 때 행복해 보였다. 그렇지만 풍경을 마주하고 노래를 들으며 느끼는 감정이 대화의 주제는 아니었다. Y시의 중산층과 어울리기 시작하면서, 사람들이 내게 내 취향, 재즈 아니면 클래식, 타티 아니면 르네 클레르를 물었을 때 그것만으로도 내가 다른 세계로 건너왔음을 깨닫게 됐다.

어느 여름, 그가 바닷가에 사는 친척 집으로 나를 데려가 삼 일을 보냈다. 그는 맨발에 샌들을 신고 걸었고 벙커 입구에서 걸음을 멈췄으며, 카페에서 그는 맥주 몇 잔을, 나는 소다를 마셨다. 그가 고모를 대신해서 닭을 잡았는데, 다리 사이에 닭을 끼고 부리 안으로 가위를 집어넣었다. 걸쭉한 피가 지하실 바닥에 뚝뚝 떨어졌다. 그들은 모두 오후 늦게까지 식탁에 모여 앉아서 전쟁과 부모에 대해 이야기를 나누고 빈 잔들 주위로 사진을 돌렸다. "천천히 죽자고! 전진!"

어쩌면 이 모든 것에도 불구하고 근본적으로 태평한 성향이 있었던 모양이다. 그는 가게 일에서 멀어지는 일거리를 만들었다. 닭과 토끼를 기르거나, 부속 건물과 차고를 만들었다. 마당은 그의 욕구에 따라 자주 바뀌었고, 화장실과 닭장은 세 번이나 옮겨졌다. 그는 늘 무너뜨리고 새로 짓고 싶어 했다.

어머니는 이렇게 말했다. "시골 양반인데 어쩌겠어요."

그는 새들을 울음소리로 식별했으며 매일 저녁 날씨를 예측하기 위해 하늘을 봤다. 하늘이 붉으면 차갑고 건조한 날씨, 달이 물속에 있으면, 그러니까 구름 속에 잠겨 있으면 비가 오고 바람이 불었다. 오후가 되면 언제나 말끔한 그의 정원으로 달려 나갔다. 채소를 제대로 가꾸지 않은 지저분한 정원을 가지고 있다는 것은 자신을 돌보지 않거나 술을 지나치게 많이 마시는 것처럼 나쁜 품성의 나태한 사람임을 뜻하는 것이었다. 그것은 파종을 흙에 뿌려야 하는 시간의 개념을 잃는 것이었고, 남들의 생각에 무감각해지는 것이었다. 때때로 악명 높은 주정꾼도 술이 잠시 깼을 때 정원을 아름답게 잘 가꾸어 명예를 회복하지 않았던가. 아버지의 경우 파 또는 다른 어떤 작물일지라도 성공하지 못하면 낙담에 빠졌다. 해가

지면, 삽으로 판 마지막 고랑에 요강을 비웠고, 그것을 비우다가 내가 쓰레기통까지 가기 귀찮아서 버린 스타킹이나 볼펜을 발견하면 불같이 화를 냈다.

그는 식사할 때 자신의 오피넬 나이프만을 이용했다. 빵을 작은 큐브 모양으로 잘라서 접시 옆에 두고 치즈와 가공육과 함께 먹거나 소스를 찍어 먹었다. 내가 접시에 음식을 남기는 것을 보면 초상난 얼굴을 했다. 아버지의 접시는 닦지 않고 정리해도 될 정도였다. 그는 식사 후에 자신의 나이프를 작업복에 닦았다. 청어리를 먹고 나면 칼을 흙 속에 묻어서 냄새를 없앴다. 50년대 말까지 아침에 수프를 먹은 후에 카페오레를 마셨는데, 마치 그 일이 여성스러운 섬세함에 자신을 바치는 일인 것마냥 망설였다. 그는 수프를 먹듯 한 스푼씩 커피를 마셨다. 다섯 시에는 달걀, 래디시, 구운 사과를 간식으로 먹었고, 저녁에는 수프 한 그릇에 만족했다. 마요네즈, 복잡한 소스, 케이크를 역겨워했다.

그는 언제나 셔츠와 내복을 입고 잤다. 일주일에 세 번, 거울이 걸려 있는 주방의 개수대에서 면도를 했고, 목깃 단추를 풀면 목에서부터 새하얀 피부가 보였다. 부의 상징인 욕실은 전쟁 이후로 널리 퍼지기 시작했고, 어머니가 위층에 세면대를 설치했지만, 그는 한 번도 세면대를 쓰지 않았고 계속해서 주방에서 세수를 했다.

겨울이 되면 그는 마당에서 마음껏 가래를 뱉고 재채기를 했다.

학교에서 내가 아는 것에 대해 이야기하는 것을 금지하지만 않았더라면 나는 이 묘사를 오래전 작문 시간에 썼을 것이다. 어느 날 CM2[1] 반의 한 여자아이가 엄청나게 큰 재채기를 해서 노트를 날려버렸다. 칠판에 글을 적고 있던 선생님은 뒤돌아서며 "참 고상하기도 해라!"라고 말했다.

Y시 중심가의 상인들, 사무직원들, 중산층이라면 누구도 '시골에서 상경한 사람'처럼 보이고 싶어 하지 않았다. 시골뜨기처럼 보인다는 것은 답보 상태이며 옷차림, 언어, 외모 자체가 늘 흐름에 뒤처졌다는 뜻이다. 당시 사람들이 좋아했던 일화가 있다. 어느 촌사람이 도시에 사는 아들의 집에 갔다. 돌아가는 세탁기 앞에 앉아 있던 그는 둥근 유리문 뒤에서 빙빙 도는 빨래를 물끄러미 바라보다가 마침내 일어나 고개를 끄덕이며 며느리에게

---

1 프랑스 초등학교에서 제일 높은 학년.

말했다. "너희들이 뭐라고 하든 간에, 이 텔레비전은 고장 난 거야."

그렇지만 Y시에서는 시장에 베데트, DS 그리고 이제는 CX를 타고 오는 부농들의 태도에 큰 관심을 보이지 않았다. 최악은 농부도 아니면서 농부의 몸짓과 모습을 한 사람들이었다.

아버지와 어머니는 곧 비난하는 어조로 말을 주고받았는데, 서로 걱정해 줄 때도 그런 식이었다. "밖에 나갈 때는 머플러 좀 둘러!" 또는 "좀 앉아 있으라고!", 남들이 들으면 욕하는 줄 알았을 것이다. 그들은 끊임없이 누가 청량음료 업자의 청구서를 잃어버렸는지, 누가 지하 창고의 불을 끄는 것을 잊었는지 말다툼을 했다. 어머니는 아버지보다 소리를 크게 질렀는데, 늦어진 배달, 미용실의 너무 뜨거운 파마용 캡, 생리, 손님들, 그 모든 것이 어머니의 신경을 거슬리게 했기 때문이다. 때로는 이런 말을 하기도 했다. "당신은 장사와 맞지 않는 사람이야." (노동자로 남았어야 해, 라는 뜻으로 이해해야 함). 그는 이런 모욕을 당하면 평소의 평정심을 잃고 "못된 년, 당신을 원래 살던 곳에 두고 왔어야 했어"라고 말했다. 그들은 주에 한 번씩 욕설을 주고받았다.

"무능한 놈!"—"미친년!"

"한심한 놈!"—"늙은 걸레!"

등등. 별 의미 없는 말들이었다.

우리는 서로에게 짜증 내며 말하는 법 말고 다르게 말하는 법을 몰랐다. 예의 바른 말투는 낯선 사람들을 위한 것이었다. 아버지는 이런 습관이 너무 몸에 배서 사람들과 함께 있을 때는 올바르게 말하려고 애쓰다가, 내가 자갈 더미에 올라가는 것을 보면 그것을 막기 위해 거친 톤과 그의 노르망디 억양 그리고 욕설을 되찾았으며 좋은 인상을 주길 원했던 시도를 망쳐버렸다. 그는 우아하게 나를 혼내는 법을 배우지 못했고, 나 또한 따귀를 때리겠다는 협박을 점잖은 말로 했다면 믿지 못했을 것이다.

부모와 자식 사이의 예의는 오랫동안 내게 미스터리였다. 교육을 잘 받고 자란 사람들이 그저 간단한 인사에도 극도로 친절함을 나타내는 것을 이해하기까지 몇 년의 시간이 걸렸다. 나는 부끄러웠다. 그런 존중을 받을 만한 자격이 없었고, 내게 특별한 호의를 보이는 것이라고 상상하기까지 했다. 그러다가 매우 열렬한 관심을 보이는 얼굴로 던진 그 질문들과 그 미소가 밥 먹을 때 입을 다물고 먹거나 슬그머니 코를 푸는 것보다 더 큰 의미를 담고 있는 게 아니라는 사실을 알게 됐다.

이제 와서 이 세세한 것들의 의미 해석을 꼭 필요한 일 이상으로 스스로에게 강요하는 것은, 그것이 무시해도 좋은 것이라고 확신하며 거부했었기 때문이다. 모욕적이었던 기억만이 그 일들을 간직하게 해줬다. 아래에 있던 세계의 추억을 마치 저급한 취향의 어떤 것처럼 잊게 하려고 애쓰는 세계, 내가 살고 있는 이 세계의 욕망 앞에 무릎을 꿇었던 것이다.

저녁에 부엌 식탁에서 숙제를 하면 그는 내 책, 특히 역사, 지리, 과학책의 책장을 넘겨 봤다. 그는 내가 그에게 문제를 내는 걸 좋아했다. 어느 날 그는 내게 자신이 철자법을 잘 안다는 것을 증명해 보이려고 받아쓰기 문제를 내달라고 했다. 그는 내가 어느 반인지 한 번도 알지 못했고, "아무개 선생님 반이지"라고 말했다. 학교는 어머니의 뜻에 따라 가게 된 종교 기관이었다. 아버지에게 그곳은 걸리버 여행기의 라퓨타 섬처럼 끔찍한 세계로, 내 태도와 행동을 지도하기 위해 내 머리 위에 떠 있는 곳이었다. "가관이군! 선생님이 널 보셨다면!"이라고 하거나 또 "내가 너희 선생님을 뵈러 갈 거야. 선생님이 널 혼내줄 거야!"라고 했다.

그는 항상 **너희** 학교라고 말했고, '기-숙-사', '수-녀-님(교장 선생님 이름)'이라고 입술 끝으로 음절을 떼서 부자연스러운 공경을 담아 발음했다. 마치 그 단어들의 정상적인 발음이 그것들이 환기하는 폐쇄적인 장소들, 그에게는 권한이 없다고 느껴지는 친밀감을 전제하고 있는 듯했다. 그는 내가 학예회의 연극에 어떤 역할을 맡았을 때에도 오려고 하지 않았다. 어머니가 분개해서 **"당신이 안 갈 이유가 없어"**라고 말하면, 그는 **"그런 데는 절대 안 가는 거 알잖아"**라고 대답했다.

그는 자주 심각했고, 거의 처절하기까지 했다. "학교에서 말 잘 들어!" 운명의 낯선 호의, 즉 나의 좋은 성적이 갑자기 멈출까 봐 불안했던 것이다. 그는 내가 작문 시험을 잘 칠 때마다, 나중에는 시험을 보기만 하면 상을 받을 때마다 자신보다는 나은 사람이 될 것이라는 희망을 느꼈다.

어느 순간 그 꿈이 자기 자신의 꿈을 대신하게 된 걸까. 딱 한 번, 그가 꿈을 밝힌 적이 있었다. 중심가에 테라

스가 있는 아름다운 카페를 운영하는 것, 잠시 머물다 가는 손님들, 카운터 위의 카페 기계. 자본이 부족하고, 또 새로 시작하는 일이 두렵기에 포기했다. **어쩌겠는가.**

　그는 둘로 나뉜 소상공인의 세계에서 더는 나오지 못할 것이다. 한쪽은 그의 가게에서 마시는 착한 사람들, 다른 한쪽은 나쁜 놈들, 그들은 숫자가 더 많고 다른 곳, 재건된 중심가의 상점들로 간다. 나쁜 놈들 쪽에 정부도 넣어야 할 것이다. 정부가 **큰 상점**에 유리한 혜택을 줘서 우리를 죽이려는 게 아닌가 의심스럽다. 착한 손님들 안에서도 갈린다. 착한 쪽은 우리 가게에서 장을 모두 보는 사람들이고, 나쁜 쪽은 시내에서 사 오는 것을 잊어버린 기름을 삼으로써 우리를 모욕하러 온 사람들이다. 또한 착한 사람들도 의심해 봐야 한다. 그들 역시 언제든지 우리를 배신할 수 있고, 우리가 바가지를 씌운다고 확신할 수도 있다. 세상 전체가 한통속이다. 증오와 비굴함, 자신의 비굴함에 대한 혐오. 그의 내면 깊숙한 곳에 모든 상인들의 바람이 있다. 도시에서 혼자 자신의 상품을 파는 것. 우리는 집에서 1km 떨어진 곳으로 빵을 사러 간다. 이웃에 있는 빵집 주인이 우리 가게에서 아무것도 사지 않기 때문이다.

　그는 푸자드[1]를 뽑았다. 그냥 차례가 되어서 뽑았을

---

1 피에르 푸자드, 포퓰리스트 정치인.

뿐 어떤 신념도 없었다. 그에게 푸자드는 너무 '입만 살아 있는' 사람이었다.

그렇지만 그는 **불행하지** 않았다. 카페의 홀은 언제나 따뜻했고, 라디오가 흘러나왔고, 아침 일곱 시부터 저녁 아홉 시까지 단골들의 방문이 이어졌다. 그들은 들어서면서부터 의례적인 말을 건넸고, 답변도 마찬가지였다. "모두 안녕하신가. — 혼자 안녕하네." 비와 질병, 죽음, 고용, 가뭄에 대해 말했다. 무언가를 확인하는 말들, 즐기기 위해 익숙한 농담을 섞어가며 노래하듯 번갈아 주고받는 뻔한 이야기들. 그건 내 잘못이고(내 밑을 닦아줘요), 내일 봐요, 사장님, 두 발로(두 손으로, 사장님, 두 발로)[1]. 비어 있는 재떨이, 테이블을 쓱 닦기, 행주로는 의자를.

쉬는 시간에는 어머니 대신 식료품점을 본다. 별 감흥 없이, 카페에서의 생활을 더 좋아한다. 아니 어쩌면 선호하는 것이 아무것도 없는지도 모르겠다. 정원 일과 마음대로 건물을 짓는 일 빼고는. 봄이 끝나갈 무렵 쥐똥나무의 향기, 11월에 개가 우렁차게 짖는 소리, 기차가 지나가는 소리, 추운 계절의 신호, 그렇다, 세상을 이끌고 지배하고 신문에 글을 쓰는 사람들이 '어쨌든 저 사람

---

1 불어 발음의 유사함을 이용한 말장난이다.

들은 행복하다'고 말하게 하는 모든 것들이었을 것이다.

일요일, 몸을 씻고 잠깐 미사를 보고 오후에는 도미노 게임을 하거나 드라이브를 했다. 월요일, 쓰레기를 내놓고, 수요일에는 양주, 식품 등을 파는 외판원을 만났다. 여름에는 가게 문을 하루 닫고, 철도국에서 일하는 친구네 집에 놀러 갔다. 또 어떤 날에는 리지외 순례를 떠나기도 했다. 아침에는 카르멜 수녀원, 디오라마, 대성당, 레스토랑. 오후에는 뷔소네트와 트루빌 – 도빌을 구경했다. 그는 바지를 걷어 올리고 발을 적셨고, 어머니는 치마를 살짝 들어 올렸다. 그들이 그런 것을 그만둔 것은 더는 그런 여행이 유행이 아니었기 때문이었다.

일요일에는 맛있는 것을 먹었다.

그 이후로 그에게 늘 똑같은 삶이 펼쳐졌지만, **지금보다 더 행복할 수 없다**고 확신했다.

그 일요일에 그는 낮잠을 잤다. 그가 다락방의 천창 앞을 지나간다. 손에 책 한 권을 들고 해군 장교가 우리 집에 놓고 간 상자 안에 다시 넣으려 한다. 마당에 있는 나를 보며 살짝 웃음을 터뜨린다. 그것은 음란 서적이다.

내 사진이다. 밖에서 혼자 찍혔다. 오른쪽으로는 창고가 늘어서 있는데 옛 창고들과 새 창고들이 나란히 있다. 분명 나는 아직 미적 개념이 없었을 테지만, 그럼에도 불구하고 내 장점을 돋보이게 하는 법을 알고 있다. 얼굴이 4분의 3쯤 보이게 몸을 돌려서 폭이 좁은 치마가 꽉 끼는 골반을 슬쩍 감추고, 가슴을 드러낸다. 이마에 한 가닥 내려온 머리카락을 넘긴다. 온순하게 보이도록 살짝 미소를 짓는다. 열여섯 살이다. 그 밑으로 사진을 찍는 아버지의 상체가 드리운 그림자가 있다.

나는 늘 내 방에서 학교에서 배운 것을 공부했고, 음악을 듣고 책을 읽었다. 밥을 먹을 때만 내려갔다. 우리는 말 없이 밥을 먹었다. 나는 집에서 절대 웃지 않았다. '빈정거렸을' 뿐이다. 가까이 있는 모든 것이 낯설게 느껴지던 시기였다. 나는 천천히 소시민의 세상을 향해 이동했고, 댄스파티에도 갈 수 있었다. 그곳에 들어가려면 우스꽝스럽지 않아야 한다는 유일한 조건이 있었는데, 내게는 퍽 어려운 일이었다. 내가 좋아했던 모든 것들이 **촌스럽게** 보였다. 루이 마리아노, 마리 안느 데마레의 소설들, 대니엘 그레이, 립스틱과 내 침대 위에 반짝이 드레스 자락을 펼친, 장터에서 경품으로 얻은 인형. 내가 사는 세계의 사람들의 생각까지 우스워 보였다. 편견들,

예를 들자면 "경찰은 있어야 해" 혹은 "군대를 안 갔다 왔으면 남자가 아니지" 같은 말들. 내게 우주가 뒤집힌 것이다.

나는 '진짜' 문학을 읽었고, 내 '영혼'과 말로 표현할 수 없는 내 인생을 표현해 준다고 믿는, '행복은 빈손으로 걷는 어느 신이다' (앙리 드 레니에) 같은 문장과 운문을 옮겨 적었다.

아버지는 **단순하고 하찮은** 혹은 **용감한 사람들**의 부류에 들어갔다. 그는 내게 더 이상 자신의 어릴 적 이야기를 하지 못했다. 나도 그에게 더는 학교 공부에 대해 말하지 않았다. 라틴어만을 제외하고. 그가 미사에서 라틴어를 썼던 적이 있기 때문이다. 그에게 그 언어는 이해할 수 없는 것이었고, 그는 어머니와는 다르게 관심 있는 척하는 것을 거부했다. 그는 내가 공부에 대해 불평하거나 수업을 비판하면 화를 냈다. '선생'이란 말이나 '교장'이란 말을 마음에 들어 하지 않았다. '책을 낮춰 말하는 것'도 마찬가지였다. 늘 내가 해내지 못한다는 두려움 아니 어쩌면 그의 '바람'이 있었다.

그는 내가 온종일 그들에게 굳은 얼굴을 하고 책 속에 빠져 기분이 좋지 않은 모습을 보이면 신경질을 냈다. 그는 저녁에 내 방문 밑으로 새어 나오는 불빛이 내 건강을 해치고 있다고 말했다. 공부는 좋은 환경을 얻고 노

동자와 결혼하지 않기 위해 감내해야 하는 고통이었다. 그러나 내가 머리를 쥐어짜는 일을 좋아한다는 것을 그는 이상하게 여겼다. 꽃다운 나이를 살지 못하는 것이니까. 때때로 그는 내가 불행하다고 여기는 것 같았다.

열일곱 살인 내가 돈을 벌지 못한다는 사실에 그는 가족과 손님들 앞에서 불편해했다. 아니, 거의 부끄러워했다. 우리 주변에는 내 또래의 거의 모든 여자애들이 사무실이나 공장에 나가 일하거나, 부모 가게의 계산대 뒤에서 물건을 팔았다. 그는 사람들이 나를 게으른 여자애로, 자신을 허세 부리는 사람으로 여길까 봐 걱정했고, 이런 핑계를 댔다. "우리는 절대 강요한 적 없어요. 원래 그런 아이예요." 그는 내가 잘 배운다는 말은 하지만, 열심히 한다는 말은 절대 하지 않았다. 노동이란 오직 두 손으로 하는 것이니까.

그에게 공부는 평범한 삶과는 먼 것이었다. 그는 상추를 물에 한 번만 씻었고, 그래서 민달팽이들이 자주 남아 있었다. 내가 3학년 때 교육받은 소독 원칙을 말하며, 여러 번 물에 씻자고 제안하자 분노했다. 한 번은 손님이 그의 트럭에 태운 어느 히치하이커와 내가 영어로 말하는 것을 보고 너무 놀라 입을 다물지 못했다. 그에게는 외국에 가지 않고도 수업 시간에 외국어를 배울 수 있다는 것이 믿기지 않는 일이었던 것이다.

그때 즈음에 그가 분노하기 시작했다. 자주 있는 일은 아니었지만, 증오감으로 비죽거리는 입에 그의 화난 모습이 두드러졌다. 나는 어머니와 어떤 공모 관계를 맺게 됐다. 매달 찾아오는 복통, 브래지어 고르기, 화장품. 그녀는 나를 데리고 루앙의 대시계 거리에 갔다. 쇼핑을 하고, 페리에 제과점에서 케이크를 작은 포크로 먹었다. 그녀는 내가 사용하는 '잠깐 사귄다', '꾼이야' 같은 말들을 쓰려고 애썼다. 우리는 그를 필요로 하지 않았다.

식사를 하던 중에 아무것도 아닌 일로 싸움이 터지고는 했다. 그가 **대화를 할 줄** 모르기 때문에 나는 늘 내가 옳다고 믿었다. 나는 그가 음식을 먹는 태도 혹은 말하는 방식을 지적했다. 그에게 바캉스를 보내 주지 않는다고 비난했다면 나 자신이 부끄러웠을 테지만, 그의 태도를 바꿔 주려고 했던 것이라 정당하다고 확신했다. 어쩌면 그는 다른 딸을 원했을지도 모른다.

어느 날 그가 이렇게 말했다. "책, 음악, 그런 건 너한 테나 좋은 거다. 내가 **살아가는 데**는 필요 없어."

67

그는 나머지 시간은 느긋하게 보냈다. 학교에서 돌아오면 카페가 보이는 주방의 문 바로 옆에 앉아서 『파리-노르망디』를 읽고 있었다. 등은 굽었고, 양팔은 식탁 위에 펼쳐 놓은 신문 양옆으로 쭉 뻗고 있었다. 그는 고개를 들며 말했다. "아이고, 우리 딸 왔네."

"나 너무 배고파!"

"그건 좋은 병이야. 먹고 싶은 걸 가져가라."

적어도 나를 먹여 살린다는 것에 행복해했다. 우리는 오래전에, 내가 어렸을 때 했던 이야기와 똑같은 이야기를 나눴다. 단지 그뿐이었다.

나는 그가 더 이상 내게 아무것도 해줄 수 있는 게 없다고 생각했다. 그의 말과 생각은 프랑스어 혹은 철학 수업, 반 친구들의 빨간 벨벳 소파가 있는 거실에서는 쓸 수 없는 것들이었다. 여름, 내 방의 열린 창문으로 그가 삽으로 갈아엎은 땅을 두드리는 규칙적인 소리가 들려왔다.

어쩌면 우리가 서로에게 더 이상 할 말이 남아 있지 않았기 때문에 내가 글을 쓰는 것인지도 모르겠다.

Y시의 중심가는 우리가 왔을 때 있었던 폐허 대신에 이제는 크림색의 작은 건물들과 밤에도 불이 켜져 있는 모던한 상점들이 들어서 있었다. 토요일, 일요일에는 근처에 사는 모든 청소년들이 길거리를 돌아다니거나 카페에서 텔레비전을 봤다. 동네 여자들은 일요일을 위해 시내에 있는 커다란 식료품점에서 장바구니를 채웠다. 아버지는 마침내 가게 외관에 하얀색 초벽을 칠했고 네온 조명을 달았는데, 눈치 빠른 카페 주인들은 이미 가짜 들보와 옛날 등이 달린 노르망디식 목재 기둥으로 돌아가고 있었다. 저녁이 되면 몸을 숙이고 수입을 계산했다. "물건을 그냥 줘도 이런 가게에는 오지 않을 거야." Y시에 새로운 가게가 문을 열 때마다 그는 자전거를 타고 그 근처를 한 바퀴 돌았다.

그들은 그럭저럭 유지해 나갈 수 있었다. 동네는 프롤레타리아화[1]됐다. 목욕탕이 있는 새 건물에 살기 위해 떠난 중간 관리직 대신에 형편이 넉넉하지 못한 사람들, 젊은 노동자 부부, 서민 임대 아파트에 자리가 나기를 기다리는 대가족이 들어왔다. "돈은 내일 주세요. 다시 안 볼 사이도 아니고." 노인들은 죽었고, 그다음 사람들은 술에 취해 돌아가는 게 허락되지 않았으나 가끔 와서 술을 서둘러 마시고 돈을 내고 가는, 조금 덜 유쾌한 손님

---

1 노동력 이외에는 생산 수단을 가지지 못한 노동자들이 많아졌다는 의미.

들이 그들의 뒤를 이었다. 이제는 적당한 주점을 운영하는 느낌이었다.

내가 강사로 일했던 여름 캠프가 끝났을 때 그가 나를 데리러 왔다. 어머니가 멀리서 '어이, 어이' 나를 불렀고 나는 그들을 알아봤다. 아버지는 태양 때문에 고개를 숙이고 구부정하게 걷고 있었다. 그의 귀가 조금 빨갛고 도드라져 보였던 것은 분명 막 이발을 하고 왔기 때문이었을 것이다. 그들은 대성당 앞 보도에서 돌아가려면 어디로 가야 하는지에 대해 다투며 큰 소리로 말했다. 그들은 밖에 나가는 것이 익숙하지 않은 사람들을 닮아 있었다. 차 안에서 그의 눈가, 관자놀이에 노란 반점들이 있는 것을 발견했다. 나는 처음으로 집에서 멀리 떨어진 곳에서 두 달 동안 살았다. 젊고 자유로운 세계에서. 아버지는 늙었고 오그라들어 있었다. 나는 더 이상 내게 대학에 들어갈 권리가 있다고 느껴지지 않았다.

식사 후의 불분명한 어떤 것, 불편한 느낌. 그는 의사를 부르는 것을 꺼리며 산화마그네슘제만 먹었다. 결국 루앙의 전문의가 엑스레이로 위에 생긴 용종을 발견했고, 서둘러 제거해야 했다. 어머니는 별거 아닌 일로 걱

70

정한다고 계속 그를 비난했다. 게다가 그는 비용이 많이
든다는 죄책감까지 느끼고 있었다. (당시 상인들은 아직
사회 보장 제도 혜택을 받지 못하고 있었다.) 그는 "재수
도 더럽게 없네"라고 말했다.

수술 후, 그는 가능한 한 짧게 병원에 머물렀고 집에
서 느리게 회복했다. 그는 기력을 잃었다. 상처가 찢어
질까 봐 더는 음료수를 담는 상자를 들지 못했고, 몇 시
간 연달아서 정원 일을 할 수도 없었다. 그 후로 어머니
가 가게 지하실로 뛰어 내려가고 배달 온 상자들과 감자
자루를 들고 두 배로 일하는 광경이 펼쳐졌다. 그는 쉰아
홉에 자신감을 잃었다. "나는 아무짝에도 쓸모없는 놈이
야." 그가 어머니에게 말했다. 아마도 여러 의미가 담겨
있었을 것이다.

그러나 병을 이겨 내고, 상황에 다시 적응하고 싶은
마음이 있었다. 그는 편안함을 추구하기 시작했다. 자신
에게 귀를 기울였다. 음식은 끔찍한 것이 됐고, 잘 넘어
가느냐 아니면 받아들이지를 못하고 다시 넘어오느냐에
따라 좋은 음식과 해로운 음식으로 나뉘었다. 그는 프라
이팬에 올리기 전에 비프스테이크와 대구의 냄새를 맡
았다. 내 요구르트를 보면 질색했다. 카페에서 가족 식
사 자리에서 자신이 먹는 음식들을 이야기했고, 다른 사

람들과 직접 만든 수프나 인스턴트 건식 수프 등에 관해 대화를 나눴다. 육십 대 즈음인 사람들은 모두 이런 대화를 주제로 삼았다.

그는 자신의 욕구를 채웠다. 구운 소시지 하나, 구운 새우 한 봉지. 그러나 보통 행복을 향한 기대는 한 입 먹자마자 사라져 버렸다. 늘 귀찮아하며 아무것도 먹고 싶어 하지 않았으면서도 "햄 반 조각만 먹어야지", "반 잔만 줘"라고 계속 말했다. 이제 맛이 고약하다며 골루아즈 담배 종이를 찢고, 그것을 다시 지그재그 종이에 조심스럽게 마는 행동 같은 기벽도 나타났다.

일요일, 그는 **무기력해 있지** 않기 위해 차로 한 바퀴 돌았다. 센강을 따라, 거기, 그가 예전에 일했던 곳, 디에프 혹은 페캉 방파제 위를 거닐었다. 두 손은 몸을 따라 쭉 늘어뜨리고, 주먹을 쥐었다가 바깥쪽으로 향하게 했다. 때로는 뒷짐을 지기도 했다. 그는 산책을 할 때마다 손을 어떻게 해야 할지 몰랐다. 저녁에는 하품을 하면서 식사를 기다리며 말했다. "다른 날보다 일요일이 더 피곤한 것 같아."

그리고 정치, 특히 이 모든 것이 어떻게 끝날 것인가(알제리 전쟁, 장군들의 쿠데타, 육군 비밀 조직의 테러)에 관심을 갖거나 위대한 샤를 드 골에 대한 동조적인 친근감을 느꼈다.

나는 루앙 고등 사범 학교에 학생이자 교사 자격으로 들어갔다. 그곳에서 과분한 식사와 세탁을 제공 받았으며, 어떤 만능 수리공이 신발까지 고쳐 줬다. 모든 것이 무료였다. 그는 모든 것을 제공하는 이 시스템에 일종의 경의를 느꼈다. 국가가 단번에 세상에 내 자리를 마련해 준 것이다. 내가 학기 중에 학교를 떠나자 그는 혼란스러워했다. 그는 거름 밭에 있는 것이나 다름없는, 그토록 확실한 곳에서 자유 때문에 떠난다는 사실을 이해하지 못했다.

　나는 오랫동안 런던에서 지냈다. 먼 곳에서 그는 추상적인 다정함을 가진, 변함없는 존재가 됐다. 나는 나자신만을 위해 살기 시작했다. 어머니는 편지에 주변의 세상에서 일어난 일들을 보고했다. 이곳은 춥단다, 추위가 오래 가지 않기를 바라고 있어. 일요일에는 그랑빌의 친구들을 만나러 갔다. X의 어머니가 돌아가셨다. 60세면 아직 젊은데. 그녀는 글에 농담을 적지 못했고, 그녀에게 이미 너무 버거운 언어와 표현들을 썼다. 말을 하듯이 글을 쓰는 것은 훨씬 더 어려웠을 것이다. 그런 것을 배운 적이 없었으니까. 아버지는 서명만 했다. 나 역시 그들에게 조서를 쓰듯 답장을 보냈다. 그들은 모든 미사

여구를 그들과 거리를 두려는 방식처럼 느꼈을 것이다.

나는 돌아왔다가 다시 떠났다. 루앙에서 대학의 인문학부에 들어갔다. 그들은 서로를 덜 몰아세웠다. 다만 습관적으로 "당신 때문에 또 오랑지나[1]가 모자라겠군", "도대체 신부에게 무슨 말을 하길래 매일 교회에 붙어사는 거야?" 같은 신랄하고 뻔한 지적을 했을 뿐이다. 그는 여전히 가게와 집을 그럴듯하게 만들기 위한 계획을 품고 있긴 했으나, 새로운 고객층을 끌어오는 데 필요한 혁신에 대한 의식은 점점 줄었다. 그저 중심가의 하얀 식료품점에서 직원이 쓱 훑어보며 **그 옷 꼬락서니가 뭡니까**, 라고 말하는 눈빛에 마음이 상한 손님들로 만족했다. 더 이상 야심은 없었다. 그는 자기 가게가 자신과 함께 사라질 잔재일 뿐이라는 사실을 받아들였다.

이제는 **삶을 조금 즐겨보기로** 결심했다. 그는 어머니가 일어나고 난 후에 늦게 일어났고, 카페와 정원에서 느긋하게 일했으며 신문을 처음부터 끝까지 읽었고, 모든 사람들과 오랫동안 대화를 나눴다. 죽음에 대해서는 격언을 말하듯, 암시적으로 우리를 기다리고 있는 것이 무엇인지 잘 알지 않느냐고 말했다. 내가 집에 갈 때마다

---

1 오렌지 맛이 나는 탄산음료.

어머니는 말씀하셨다. "네 아버지 좀 봐라, 팔자가 늘어졌다."

여름이 끝날 무렵 9월에 그는 손수건으로 부엌 유리창에 붙어 있던 말벌 몇 마리를 잡아서 이미 달궈져 있던 스토브의 불판 위에 던졌다. 말벌들은 몸부림을 치며 타 죽었다.

걱정하지도, 기뻐하지도 않았다. 그는 이 이상하고 비현실적인 삶, 그러니까 스무 살이 넘었는데 아직도 학교 걸상에 앉아 있는 모습을 체념하며 받아들였다. "교사가 되려고 공부하는 거예요." 손님들은 무슨 공부인지 묻지 않았다. 직위만이 중요했으니까. 게다가 그는 절대 기억하지 못했다. '현대 문학'은 수학이나 스페인어처럼 그에게 와닿지 않았다. 아버지는 언제나 내가 너무 특권을 누리는 사람으로 보일까 봐, 나를 그렇게까지 공부를 시키는 것이 부자여서 그런 것이라고 생각할까 봐 두려워했다. 그렇다고 장학생이라는 것을 밝히지도 못했다. 손가락 하나 까딱하지 않는 내게 정부가 돈을 준다고 운좋은 사람들이라고 생각할 수도 있으니까. 언제나 부러움과 질투에 둘러싸여 있으니, 어쩌면 그의 상황에서는 그것이 가장 분명한 답이었을 것이다. 나는 가끔 밤을 새우고 일요일 아침에 집에 들어가서 저녁까지 잤다. 아무 말도 없었다. 거의 허락이나 다름없었다. 여자아이도 **얌전하게** 즐길 수 있는 것이고, 그 증거로 나는 어쨌든 정상이었으니까. 혹은 지적이고 부르주아적인 세계의 이상적인 모습이라고 생각했는지도 모르겠다. 어느 노동자의 딸이 혼전 임신으로 결혼하면, 온 동네가 알았다.

여름 방학에 Y시로 대학 친구 한두 명을 초대했다. '마음이 중요한 거야'라고 주장하는 **편견 없는** 여자애들이었다. 자신의 가족을 향한 모든 거만한 시선을 막고자 하는 모든 이들이 하는 방식으로 '우리 집은 **별거 없어**'라고 알렸기 때문이다. 아버지는 교육을 잘 받은 이 여자애들을 맞이하는 것에 행복해했다. 그 애들에게 말을 많이 걸었고, 예의 없어 보이지 않게 대화가 중간에 끊기지 않도록 했으며, 내 친구들에 관한 모든 것에 분명한 관심을 보였다. 상을 차리는 일은 걱정의 근원이었다. "주느비에브 양은 토마토를 좋아하나?" 그는 최선을 다했다. 이 친구 중 한 명의 가족이 나를 초대했을 때는, 내가 왔어도 전혀 바뀜 없는 생활 방식을 자연스럽게 나눌 수 있었다. 어떤 낯선 이의 시선도 두려워하지 않는 그들의 세계에 들어간 것은, 그 세계가 내게 열렸던 것은 내가 살던 세계의 방식과 생각, 취향을 잊어버렸기 때문이다.

아버지는 그들의 세계에서 그저 평범한 방문이었던 것에 축제적 성격을 부여하여 내 친구들에게 존경을 표하고 예의범절을 아는 사람으로 보이고 싶어 했다. 그는 무엇보다 "안녕하세요 선생님, 어떻게 **지냈수?**"라고 말하며, 내 친구들이 어쩔 수 없이 알아차리는 열등감을 드러냈다.

어느 날, 그가 자랑스러운 눈빛으로 말했다. "나는 절대 널 부끄럽게 만들지 않았다."

여름이 끝날 무렵, 사귀던 정치학과 남학생을 **집으로 데려왔다.** 한 가족에 들어올 수 있는 권리를 부여하기 위한 엄숙한 의식이 치러졌다. 친구들끼리 집을 자유롭게 드나들던, 모던하고 부유한 세계에서는 이미 사라져 버린 의식이었다. 그 젊은 남자애를 맞이하기 위해 아버지는 넥타이를 매고, 작업복을 일요일에 입는 바지로 갈아입었다. 아버지는 내 미래의 남편을 자기 아들처럼 여기며, 그와 학벌의 차이를 넘어 남자들끼리의 은밀한 유대감을 가질 수 있으리라 확신하며 매우 기뻐했다. 아버지는 그에게 정원과 혼자 직접 만든 차고를 보여줬다. 자신의 딸을 사랑하는 그 청년이 자신의 가치를 인정해 줄 것이라는 희망을 품고 그가 할 줄 아는 것을 바친 것이다. 그 청년은 그저 **예의가 바르기만 하면** 그만이었다. 그것이 내 부모가 가장 높이 평가하는 품성이었고, 그들에게는 얻기 어려워 보이는 것이기도 했다. 노동자였다면 용감한지 술은 마시는지 알려 들었겠지만, 그러지 않았다. 지식과 단정한 품행이 선천적으로 훌륭한 내면의 표시라고 깊이 확신했다.

몇 년 전부터 기다려 왔던 것이고, 걱정 하나를 던 것으로 생각했다. 이제는 내가 **아무나** 만나지 않을 것이라는 확신 혹은 **불안한 여자**가 되지 않을 것이라는 확신이 생긴 것이다. 그는 자신이 모아놓은 돈으로 이 젊은 신혼부부를 도울 수 있기를 바랐다. 한없이 베풀어서 그와 사위 사이를 갈라놓는 문화와 권력의 차이를 만회하길 바랐던 것이다. "우린 이제 필요한 게 별로 없어."

센강이 내려다보이는 식당에서 열린 결혼식 피로연에서 그는 고개를 조금 뒤로 젖히고 두 손을 무릎 위에 펼쳐 놓은 냅킨 위에 올리고, 음식을 기다리며 지루해하는 모든 사람들이 그렇듯, 애매한 미소를 살짝 짓는다. 그 미소는 오늘 이 자리의 모든 것이 무척 좋다는 뜻이기도 하다. 그는 줄무늬가 있는 파란색 정장을 입었는데 맞춤복이었다. 처음으로 소매에 단추가 달린 하얀 셔츠도 입었다. 내가 한창 웃던 중에 아버지가 즐기고 있지 않을 것이라고 확신하며 고개를 돌려 보았던 장면이 순간 떠오른다.

그 후로 그는 우리를 드문드문 보게 됐다.

우리는 알프스의 관광도시에 살았는데, 남편이 그곳에서 행정직을 맡게 됐다. 우리는 마로 된 천을 벽에 걸었고, 식전주로 위스키를 내놓았으며, 라디오에서 흘러나오는 옛 노래를 연속해서 들었다. 건물 관리인에게 친절한 몇 마디를 건네기도 했다. 나는 이 반쪽짜리 세계에 서서히 들어갔다. 그곳의 나머지 반은 장식뿐이었다. 어머니는 집에 쉬러 오라고 편지를 썼다. 그들을 보러 오라는 말은 차마 하지 못하고. 나는 혼자 갔다. 진짜 이유, 그들의 사위의 무관심이나 내가 당연하게 받아들이기로 한 그와 나 사이의 설명할 수 없는 이유에 대해서도 입을 닫았다. 고학력자, 부르주아 가정에서 자라서 늘 '빈정거리는' 말투를 쓰는 그가 어떻게 이 **용감 무식한** 사람들과 함께 즐길 수 있겠는가. 그도 그들이 선한 사람들이라는 것은 인정했지만, 그의 눈에 보이는 이 중요한 결핍, 재기발랄한 대화의 부재는 대신할 수 없었다. 예를 들자면 그의 집에서는 유리잔을 깨면 누군가 곧바로 이

렇게 소리친다. "만지지 마, 깨졌어!" (쉴리 프뤼돔의 시
한 구절)

   파리에서 출발한 기차에서 내리면 늘 어머니가 출구
옆에서 기다리고 계셨다. 그녀는 힘으로 내 여행 가방을
빼앗으며 말했다. "이거 너한테는 너무 무거워. 언제 무
거운 걸 들어 봤어야지." 식료품점에는 한두 명의 사람
들이 있었고, 그는 잠시 물건을 파는 일을 멈추고 거칠게
내 볼에 입을 맞췄다. 나는 주방에 앉았고, 그들은 서 있
었다. 어머니는 계단 옆에, 아버지는 카페 홀을 향해 열
린 문틀에. 그 시간에는 태양이 테이블과 계산대의 유리
잔들을 비췄고, 때때로 쏟아지는 빛 속에 손님 하나가 우
리의 대화를 엿듣기도 했다. 멀리서, 나는 내 부모를 그
들의 몸짓과 말, 영광스러운 몸으로부터 정제했다. 나는
그들이 '엘(그녀)'이라고 발음하는 대신에 '아'라고 발음
하고, 큰 소리로 말하는 방식을 새롭게 들었다. 이제 내
게 자연스러워진 그 '점잖은' 몸짓과 올바른 언어 없이
그들의 원래 모습 그대로를 다시 만나게 됐고, 나는 나
자신과 분리되는 듯한 느낌을 받았다.
   나는 가방에서 그에게 줄 선물을 꺼낸다. 그는 기쁜
마음으로 포장을 벗긴다. 애프터셰이브 한 병. 난처함,

그리고 웃음. 이건 어디에 쓰냐고 묻고 이렇게 말한다. "계집애처럼 향수 냄새가 나겠네!" 그러나 꼭 바르겠다고 약속한다. 적절하지 못한 선물이 만든 우스운 장면이다. 나는 예전처럼 울고 싶다. "그러니까 그는 절대 달라지지 않는다니까!"

우리는 동네 사람들에 대해 말했다. 결혼했거나 죽었거나, Y시를 떠난 사람들…… 나는 내가 사는 아파트에 관해 설명했다. 루이 필립 풍의 책상과 붉은 벨벳 소재로 된 의자, 전축. 어느덧 그는 내 말을 더 이상 듣고 있지 않았다. 그는 그로서는 알지 못했던 호화스러운 삶을 살도록 나를 키웠고 그것에 행복했으나, 나의 성공을 증명해 줄 뿐인 딘롭필로 가구나 옛날 서랍장에 다른 관심을 보이지는 않았다. 자주 "너희는 그렇게 누리고 살아야지"라는 말로 정리했다.

나는 오래 머무는 법이 없었다. 그는 남편에게 전해 주라며 코냑 한 병을 내게 줬다. "그래, 다음에 보면 되지." 그는 내색하지 않고, **감정을 숨기는 것을** 자랑으로 여겼다.

Y시에 첫 번째 슈퍼마켓이 생겼다. 곳곳에 있던 노동

자 손님들이 몰렸다. 마침내 아무에게도 묻지 않고 장을 볼 수 있게 된 것이다. 그러나 사람들은 여전히 동네 귀퉁이의 작은 식료품점에서 시내에서 잊고 온 커피 한 봉지나 우유 그리고 학교에 가기 전에 사탕 같은 것을 샀다. 그는 가게를 팔고, 인근 주택에 사는 것을 고려하기 시작했다. 가게를 매입할 때 함께 샀던 집으로, 방이 두 개, 주방, 와인 창고가 하나 있어서 좋은 와인과 통조림을 가져올 수 있고, 신선한 달걀을 위해서 닭 몇 마리를 키우고, 오트사부아로 우리를 보러 올 수 있을 것이라고 생각했던 것이다. 그는 65세에 사회 보장 연금을 받을 수 있다는 것에 만족스러워했다. 약국을 다녀오면, 식탁에 앉아 행복해하며 보험금 청구용 증지를 붙였다.

그는 점점 더 삶을 사랑하게 됐다.

내가 이 이야기를 쓰기 시작한 11월로부터 몇 달이 흘렀다. 시간이 오래 걸렸다. 잊고 있었던 일을 다시 불러오는 일은 새로 지어내는 것만큼 어려웠으니까. 기억이 저항한다. 어렴풋한 추억에 기댈 수는 없었다. 어느 오래된 가게의 종이 덜컹대며 울리는 소리, 너무 익은 멜론 향기 속에서 나는 나 자신과 Y시의 여름 방학만을 되찾았을 뿐이다. 하늘 색깔도, 가까운 우아즈강에 비친 포플러 나무도 내게 아무것도 알려 주지 않았다. 사람들이 대합실에서 앉아 지루해하거나, 아이들을 부르거나, 기차역 플랫폼에서 작별 인사를 나누는 방식에서 아버지의 모습을 찾았다. 나는 어디서나 마주칠 수 있는 익명의 존재들이자 자신도 모르게 힘 혹은 굴욕의 징표들을 가지고 있는 이들에게서 아버지가 살던 환경의 잊고 있던 현실을 되찾았다.

봄이 없었다. 11월부터 변함없는 날씨 속에 갇힌 기분이었다. 서늘하고 비가 많이 내렸으며, 한겨울보다 아주 조금 더 추웠다. 나는 책의 결말을 생각하지 않았지만, 이제 그것이 다가오고 있음을 알고 있다. 더위는 6월 초에 찾아왔다. 아침의 냄새로 날씨가 좋을 것을 확신했다. 곧 아무것도 쓸 말이 없을 것 같다. 나는 마지막 페이지에 이르는 것을 머뭇거리며 영원히 끝나지 않기를 바란다. 그러나 이제 먼 과거로 거슬러 올라가는 것도, 사건을 더하거나 각색하는 것도, 행복이 어디에 있는지 자신에게 묻는 것도 더는 가능하지 않다. 아침에 기차를 타면, 늘 그렇듯이 저녁이나 되어서야 도착할 것이다. 이번에는 두 살 반이 된 그들의 손자를 데려간다.

어머니가 출구에서 기다리고 계셨다. 하얀 블라우스 위에 정장 재킷을 걸쳤고, 내 결혼식 이후로 염색하지 않은 머리에 스카프를 쓰고 계셨다. 끝날 기미가 보이지 않던 그 긴 여행에 지쳐 정신이 없던 아이는 잠자코 할머니 품에 안겼다가, 할머니의 손에 끌려갔다. 더위가 살짝 수그러들었다. 어머니는 항상 보폭이 좁은 걸음으로 빨리 걷는다. 그녀는 갑자기 속도를 줄이며 "아이고! 우리 옆에 짧은 다리가 있었네!"라고 말했다. 아버지는 주방에서 우리를 기다리고 있었다. 더 늙은 것 같진 않았다. 어머니는 그가 손자에게 잘 보이기 위해 전날 이발소에 다녀왔다고 했다. 시끄러운 장면이 이어졌다. 감탄을 하고 아이가 대답할 틈도 없이 질문을 하며, 아이를 피곤하게 만든다고 서로 나무라면서도 결국 기뻐했다. 그들은 아이가 **어느 쪽을 닮았는지** 살폈다. 어머니는 아이를 사탕이 담긴 병 앞으로 데려갔다. 아버지는 정원으로 데려가 딸기 그리고 토끼와 오리를 보여줬다. 그들은 손자를 완전히 차지하고, 마치 내가 아직 아이를 돌볼 줄 모르는 어린 여자아이로 남아 있기라도 한 듯이 아이에 관한 모든 것을 결정했다. 내가 필요하다고 믿었던 교육의 원칙들, 낮잠을 재우거나 단 음식을 주지 않는 것을 받아들이면서도 의심했다. 우리는 창문에 붙인 식탁에 네 명 모두 앉아 식사를 했고, 아이는 내 무릎 위에 있었다. 차분하고 아름다운 저녁 시간, 속죄와도 같은 시간이었다.

예전에 내가 쓰던 방은 낮 동안의 열기를 간직하고

있었다. 그들은 꼬맹이를 위해 내 침대 옆에 작은 침대를 가져다 놓았다. 나는 책을 읽어 보려고 했고, 두 시까지 잠을 이루지 못했다. 램프를 콘센트에 꽂자마자 불이 번쩍하더니 캄캄해졌다. 전구가 나갔다. 대리석 받침 위에 놓인 둥근 모양의 램프였는데, 오른쪽에는 발을 구부리고 있는 구리로 된 토끼가 달려 있었다. 예전에는 예쁘다고 생각했었다. 오래전에 망가진 듯했다. 아무것도 고친게 없는 집이다. 물건에 무관심했다.

　이제 다른 시절의 이야기다.

　나는 늦게 일어났다. 옆방에서는 어머니가 아버지에게 조용히 말하고 있었다. 어머니는 그가 새벽에 요강까지 가지도 못하고 구토를 했다고 설명했다. 그녀는 전날 점심으로 먹은 남은 닭고기가 소화되지 않았던 것이라고 짐작했다. 그는 무엇보다 어머니가 바닥을 닦았는지 걱정했고, 가슴 어딘가가 아프다고 투덜댔다. 나는 그의 목소리가 변했다고 느꼈다. 꼬맹이가 그에게 다가가도 그는 반응하지 않았다. 그저 꼼짝하지 않고 누워 있었다.

　의사가 곧장 방으로 올라갔다. 어머니는 물건을 팔던 중이었다. 그녀는 의사를 보러 갔고, 어머니와 의사가 주방으로 함께 내려왔다. 계단 아래쪽에서 의사는 그를 루앙에 있는 오텔디외 병원으로 데려가야 한다고 속삭였다. 어머니의 얼굴이 무너져 내렸다. 처음부터 어머니는 내게 말했다. "네 아버지는 항상 소화도 못 시키는 음식을 먹으려고 해", 또 아버지에게 물을 가져다주며 "당신이 위가 약한 걸 잘 알면서 그래"라고 말했다. 어머니는 이해하지 못하겠다는 얼굴을 하고, 우리가 먼저 알아차리지 못한 병의 심각성을 거부하며, 진찰 때 사용했던 깨끗한 식탁보를 구겼다. 의사는 말을 바꾸어 저녁까지 기다렸다가 결정하자고 했다. 어쩌면 더위를 먹은 것일지도 모른다고.

나는 약을 사러 갔다. 답답한 하루가 예상됐다. 약사가 나를 알아봤다. 지난해 왔을 때보다 차가 더 많아진 것 같진 않았다. 아버지가 진짜 아프다는 생각을 하기에는 그곳은 어릴 때부터 지금까지 너무 변한 것이 없었다. 나는 라타투이를 만들기 위해 야채를 샀다. 손님들은 주인이 보이지 않는다고, 날씨가 좋은데 아직 일어나지 않았다고 걱정했다. 그들은 그가 몸이 불편한 것에 대해 그들만의 느낌을 증거 삼아, 말하자면 "어제 정원의 온도가 40도는 됐는데, 내가 그 사람처럼 거기 있었으면 쓰러졌을 거야" 혹은 "이런 더위라면 사람이 멀쩡할 수가 없지, 나도 어제 아무것도 안 먹었어"라는 식으로 단순한 이유를 찾아냈다. 어머니처럼 그들도 아버지가 자연을 거스르려 했기 때문에, 젊은 사람처럼 굴었기 때문에 아프다고 생각하는 듯했다. 그가 벌을 받는 것이니 다시 그렇게 하면 안 될 것이라고 말이다.

그가 낮잠을 잘 시간에 침대 옆을 지나가는데 아이가 물었다. "왜 이 아저씨는 잠을 자는 거야?"

어머니는 손님이 없을 때면 항상 올라왔다. 벨이 울릴 때마다 나는 옛날처럼 아래층에서 "누구 왔어!"라고 소리를 질렀다. 아버지는 물만 마셨지만, 상태가 더 위독해지지는 않았다. 저녁이 됐고, 의사는 병원에 대해서는 다시 말을 꺼내지 않았다.

다음 날, 어머니 혹은 내가 그에게 기분이 어떤지 물을 때마다, 그는 화가 나서 한숨을 쉬거나 이틀 동안 먹지 못했다고 불평을 했다. 평소에 "속에 가스가 가득 찼구먼"이라고 말하던 의사는 한 번도 농담을 하지 않았다. 나는 의사가 계단을 내려오는 것을 보며, 그런 농담 혹은 무엇이라도 좋으니 어떤 농담을 하기를 계속 기다렸다. 저녁에 어머니는 눈을 내리깔고 중얼거렸다. "어떻게 되려는 건지 모르겠다." 어머니는 아직 아버지의 죽음의 가능성에 대해 언급하지 않았다. 전날부터 우리는 함께 식사를 했고, 둘 다 아버지의 병에 대해 아무 말 하지 않고 아이를 돌봤다. 나는 지켜보자고 대답했다. 열여덟 살 즈음에, 그가 때때로 이런 말을 했다. "만약 너에게 어떤 **불행한 일**이 생기면…… 무엇을 해야 하는지 알고 있을 테지." 구체적으로 어떤 불행인지 말할 필요는 없었다. 단 한 번도 그 말을 내뱉은 적 없었지만 서로 그것이 임신이라는 것을 잘 알고 있었으니까.

금요일 밤부터 토요일 사이, 아버지의 호흡은 깊어졌고 고통을 느끼는 듯했다. 그리고 호흡과는 다른, 끓는 듯한 소리가 계속 들렸다. 끔찍했다. 마치 배 속이 모두 하나로 연결된 것처럼 그 소리가 폐에서 나는 것인지 장에서 나는 것인지 알 수 없었다. 의사는 그에게 진정제 주사를 놓았고, 그가 잠잠해졌다. 오후에는 옷장에 다림질한 옷들을 정리했다. 나는 호기심에 아마포 한 장을 침대 끝에 펼쳐 보았다. 그는 내가 하는 것을 지켜보기 위해 자리에서 일어났고, 낯선 목소리로 말했다. "네 매트리스를 다시 깔 거야, 이건 네 엄마가 이미 깔았고." 그는 내게 매트리스를 보여주기 위해 이불을 잡아당겼다. 그가 쓰러지고 나서 처음으로 주변에 있는 무언가에 관심을 보인 것이었다. 그 순간을 떠올려 보면, 나는 완전히 끝난 것이 아니라고 믿고 있었다. 그러나 그것은 그가 자신이 위독하지 않다는 것을 보여주기 위한 말뿐이었지만, 세상에 매달리는 그의 노력이 그가 세상으로부터 멀어져 가고 있음을 의미했다.

그 후로 아버지는 내게 더 이상 말을 하지 않았다. 그의 의식은 또렷했고, 수녀님이 오시면 주사를 맞기 위해 몸을 돌렸으며, 아픈지, 갈증이 나는지 묻는 어머니의 질문에 '응', '아니'로 대답했다. 그는 이따금 "뭐라도 먹을 수 있다면"라고 말하며, 마치 거기에 회복의 실마리가 있는데 누군가 거부라도 하는 것처럼 하소연을 했다. 그는 더 이상 며칠 동안 금식을 했는지 세지 않았다. 어머니는 "다이어트를 조금 하는 것도 나쁘지 않다"라고 반복해서 말했다. 아이는 정원에서 놀고 있었다. 나는 시몬드 보부아르의 『레 망다랭』을 읽으며 아이를 지켜봤다. 이 두꺼운 책을 읽다 보면 어떤 페이지에 이르렀을 때 아버지가 더는 살아 있지 않으리라는 생각에 독서에 집중할 수 없었다. 손님들은 여전히 소식을 물었다. 그들은 아버지의 병이 심근 경색인지 혹은 일사병인지 정확히 알고 싶어 했고, 어머니의 모호한 대답이 의심을 일으켰다. 그들은 우리가 무언가를 숨기고 있다고 생각했다. 우리에게 병명은 더 이상 중요하지 않았다.

일요일 아침, 사이 사이에 침묵으로 끊기는 노래를 하듯 중얼거리는 소리가 나를 깨웠다. 종부성사[1]였다. 나는 그것이 세상에서 가장 불경한 것 마냥 베개에 얼굴을 묻었다. 어머니는 첫 미사를 마치고 나오는 사제장을 붙잡기 위해 일찍 일어났을 것이다.

---

1   마지막 도유, 라는 뜻으로 생전에 마지막으로 치러지는 의식을 뜻한다.

얼마 후, 어머니가 가게를 보고 계실 때, 나는 그의 곁으로 올라갔다. 나는 그가 침대 끝에 걸터앉아 고개를 숙이고 침대 옆에 있는 의자를 절망적으로 바라보는 것을 봤다. 그는 축 늘어뜨린 팔 끝에 빈 잔을 들고 있었다. 그의 손은 격렬하게 떨리고 있었다. 나는 그가 의자 위에 잔을 올리고 싶어 한다는 것을 바로 알아차리지 못했다. 영원 같던 몇 초 동안, 나는 손을 바라봤다. 그는 절망적인 얼굴을 하고 있었다. 마침내 나는 잔을 받아 들었고, 그의 다리를 침대 위에 올려 그를 다시 눕혔다. '나는 이런 걸 할 수 있어' 또는 '나는 이제 어른이니까 이런 걸 하는 거야'라고 되뇌며, 용기 내 그를 제대로 바라봤다. 그의 모습은 내가 늘 생각해 왔던 모습과는 거리가 멀었다. 틀니를 낀 ― 그는 그것을 빼는 것을 거부했다 ― 그의 입술이 잇몸 위로 말려 있었다. 그는 기독교 학교 여교장이 우리를 데려가 침대 앞에서 캐럴송을 부르게 했던 요양 병원의 몸져누운 노인 중의 하나가 되어 있었다. 그러나 그런 상태에도 불구하고 나는 그가 더 살 수 있을 것 같았다.

12시 반, 나는 아이를 재웠다. 아이는 잠들지 못하고 스프링 침대 위에서 있는 힘껏 뛰었다. 아버지는 힘겹게 숨을 쉬며 눈을 부릅뜨고 있었다. 어머니는 일요일마다 늘 그렇듯 한 시 경에 카페 겸 식료품점을 닫았다. 그녀는 아버지 곁으로 올라갔다. 내가 설거지를 하는 동안, 이모와 이모부가 도착했다. 그들은 아버지를 보고 내려와 주방에 앉았다. 나는 그들에게 커피를 대접했다. 어머니가 위층에서 천천히 걷다가 내려오기 시작하는 소리를 들었다. 나는 평소와는 다른 그 느린 걸음에도 불구하고, 커피를 마시러 내려온 줄 알았다. 어머니는 계단을 돌자마자 조용히 말했다. "다 끝났다."

가게는 이제 존재하지 않는다. 살림집이 됐다. 옛 진열창에는 테르갈 천으로 된 커튼이 쳐져 있다. 어머니가 그곳을 떠나 중심가 근처 원룸에서 살게 되시면서 가게는 없어졌다. 그녀는 무덤에 멋진 대리석 묘비를 세웠다.
A... D... 1899 ― 1967.
관리가 필요 없는 소박한 무덤이었다.

내가 교양 있는 부르주아의 세상으로 들어갈 때, 그 문턱에 두고 가야 했던 유산을 밝히는 일을 마쳤다.

어느 일요일, 미사가 끝난 후, 열두 살이었던 나는 아버지와 함께 시청의 커다란 계단을 올랐다. 우리는 시립 도서관의 문을 찾았다. 한 번도 가본 적이 없던 곳이었다. 나는 너무 신이 나 있었다. 문 뒤로 아무 소리도 들리지 않았다. 그래도 아버지는 문을 밀었다. 그곳은 조용했다. 교회보다 더, 마룻바닥은 삐걱거렸고 무엇보다 그 오래되고 낯선 냄새가 있었다. 두 명의 남자가 서가로 가는 길을 막고 있는 높은 데스크에서 우리를 바라봤다. 아버지는 내가 질문을 하는 동안 잠자코 있었다. "책을 빌리러 왔어요." 둘 중의 한 남자가 바로 대답했다. "무슨 책을 원하십니까?" 우리는 집에서 원하는 책을 미리 알고 있어야 한다는 것을, 비스킷 상표를 대듯 쉽게 책의 이름을 댈 줄 알아야 한다는 것을 미처 생각하지 못했다. 그들이 우리 대신 내게는 **콜롱바**를, 아버지에게는 모파상의 **가벼운** 소설을 골라줬다. 우리는 도서관에 다시 가지 않았다. 아마도 어머니가 반납 기한이 지난 책들을 돌려주러 갔었을 것이다.

그는 나를 자전거에 태워 학교까지 데려다주곤 했다. 비가 와도, 해가 쨍쨍해도, 두 강 사이를 건너는 뱃사공이었다.

어쩌면 그의 가장 커다란 자부심 아니 심지어 그의 존재 이유는 자신을 멸시하는 세상에 내가 속해 있다는 사실이었을 것이다.

그는 이렇게 노래를 부르곤 했다. **노가 우리를 뱅뱅 돌게 하네**[1]

한계의 경험이라는 제목이 떠오른다. 첫 부분을 읽으면서 느꼈던 의기소침도. 형이상학과 문학을 다룬 책이었다.

글을 쓰는 내내, 학생들에게 과제로 내준 글을 첨삭했고, 논술에 모델이 될 만한 텍스트를 제시했다. 그런 일을 하라고 돈을 받았으니까. 이 사상의 유희는 **사치**가 내게 일으키는 것과 똑같은 감정을 느끼게 한다. 비현실적인 느낌, 울고 싶은 감정 말이다.

---

1   원래 노래의 가사는 '노가 우리를 높은 곳으로 데려가네'이다. 작가는 아버지의 노르망디식 억양과 발음 때문에 '돌게 하네'로 썼을 것이다.

작년 10월에 카트를 끌고 줄을 서다가 계산대에서 옛 제자를 알아봤다. 그러니까 5, 6년 전에 그녀가 내 제자였던 것을 기억해 낸 것이다. 그녀의 이름도, 몇 학년 몇 반이었는지도 생각나지 않았다. 내 차례가 되었을 때 무슨 말이라도 하기 위해, 그녀에게 물었다. "잘 지냈어요? 여기 일은 할 만해요?" 그녀는 "네, 네"라고 대답했다. 그리고 통조림과 음료수의 바코드를 입력하면서 불편해하며 말했다. "기술교육 중학교는, 잘 안 됐어요." 그녀는 내가 자신의 진로를 아직도 기억하고 있다고 생각했던 것 같다. 그러나 나는 그녀가 왜 기술교육 중학교에 보내졌는지, 무슨 분야로 갔는지 잊어버렸다. 나는 그녀에게 "또 봐요"라고 말했다. 그녀는 이미 왼손에 다음 사람의 물건을 들고, 오른손으로는 계산기를 보지도 않고 두드렸다.

1982년 11월 ─ 1983년 6월

기억을 말하는 방식

신유진 (옮긴이)

기억을 말하는 방식에 대해 생각한다. '마치 거기 있는 것처럼'…… 나는 아마도 그런 식으로 기억을 말해왔을 것이다. 없는 것을 있는 것으로, 마치 있는 것처럼 생생하게. 거짓 범벅의 기억이다.

1984년, 두 번째 책,『남자의 자리』로 르노도 상을 받은 아니 에르노는 한 방송에서 이렇게 말했다.

"아버지의 존재로 소설을 쓰는 것은 일종의 배신이라고 생각했습니다. 소설을 쓰면 인물을 창조하게 됩니다. 이 경우는 제 아버지가 되겠죠. 나는 아버지의 초상화를 그렸을 겁니다. 분명 그를 미화했겠죠. 많은 것들을 미화했을 거예요. 마치 내가 아직 거기 있는 것처럼, 여러 장면을 만들면, 예를 들어 풍경을 묘사한다거나…… 그러나 그런 것들은 아버지의 삶을 전혀 나타내고 있지 않아요."[1]

아니 에르노가 기억을 말하는 방식에 대해 이야기해보자. 그녀는 '민족지(Ethnography)'라는 표현을 썼다. 민족지란 특정한 사람들의 생활방식에 대한 기술적 설명, 인간 관습에 대한 분석을 뜻한다. 그녀는 작품 속에서 기억의 관습을 분석하고, 그것의 기술적 설명을 이뤄낸다. 분석과 기술적 설명에는 미화가 없다. '나(아니 에르노)'도 '그(아버지)'도 이미 거기 없다. 없는 것을 있다고 하지 않는다. 사실을 바탕으로 한 단조로운 글쓰기다. 필요한 단어로만 기억의 세계로 뛰어드는 일.

그렇다면 그 기억에는 무엇이 있을까?

『남자의 자리』에는 아버지의 삶이 있다. 그는 '읽지도 쓰지도 못하는' 농가의 일꾼이었던 할아버지의 자식으로 태어나서 공장 노동자로 살다가 같은 노동자였던 어머니를 만나 카페 겸 식료품점을 차렸다. 그는 노동자보다 상인이기를 원했고, 쾌활한 사람이었으나 부부 관계는 원만하지 못했다. 미술관 같은 곳은 가본 적이 없었다. 사는 데 책이나 음악 같은 것은 필요하지 않다고 했다. 그의 삶은 물질적 필요에 얽매여 있었다. 그는 다만 자기 자리를 지켰다.

이 삶이 『남자의 자리』의 전부다. 기억은 보탬도 뺌도

---

1   Ina Culture, 1984년 4월 6일 방송에서.

없는 한 남자의 삶, 그가 살아온 자리를 말한다.

다시, 기억을 말하는 방식에 대해 생각한다. 기억의 '없음'을 '있음'으로 포장하는 이유를 내게 묻는다. 존재를 그대로 드러낼 때 그것은 문학적 가치가 없다고 믿는 것인가, 아니 문학이 존재보다 더 나은 가치라 믿는 것은 아닌가. 인정하자. 이 거짓 기억에는 삶을 시어(詩語)보다, 은유보다 더 하찮게 여기는 마음이 있었다는 것을. 이제 '소설은 아버지에 대한 일종의 배신'이라는 작가의 말을 이해할 수 있다. 아니 에르노가 옳다. 그 삶은 그렇게 쓰여서는 안 된다.

그렇다면 문학적 요소를 뺀 문학이 된 이 글의 가치란 무엇일까?

답을 찾기 위해, 『진정한 장소』에서 아니 에르노가 했던 말을 되짚어 본다.

문학은 인생이 아니에요. 문학은 인생의 불투명함을 밝히는 것이거나 혹은 밝혀야만 하는 것이죠.

기억 속 불투명한 혹은 어두컴컴한 곳에 불을 밝히는 것, 나는 그것이 작가, 아니 에르노의 문학의 방식이라 생각한다. 그저 보여주는 것, 화자의 감정에 붙잡히지 않도록 칸막이를 없애는 것. 이 모든 것은 불투명한 인생을 밝히기 위함이다. 쓰지 않으면 더는 존재하지 않는 어느 불투명한 삶을 구하기 위함이다. 그러니 이보다 더 완벽한 오마주가 어디 있을까? 그녀의 글은 아버지를 향한, 그녀가 내려놓고 떠났던 세상을 향한 오마주다. 그리고 이 오마주는 예술의 편에 서 있지 않다. 삶이 먼저, 문학은 그다음이다. 삶이 문학이 되기 위해 꾸며야 할 이유도 필요도 없다.

역자로서 아니 에르노의 언어를 옮기는데 늘 부족함을 느끼지만, 『남자의 자리』는 유독 다 옮기지 못한 절망감을 떨칠 수가 없다. 원제 '자리(La place)'부터가 고민이었다.

영어 번역서 제목이 『A Man's Place』로 옮겨지면서, '자리'라는 책이 '남자의 자리'로 알려졌다. 여기서 남자란 아버지를 말하는 것일 테지만, 원제에 없는 단어로 한계를 짓는 것은 아닐까, 마음이 쓰인다. '자리, 사람이나 물건이 차지하고 있는 공간'이란 뜻의 'La place'가 과연 한 남자, 아버지의 자리만을 의미할까? 내게는 그 자리, 혹은 공간이 한 세계를 상징하는 것으로 읽힌다. 아버지가 있었고 내가(작가) 있었던 자리, 다른 세상으로 가면서 문턱에 버리고 간 자리. 나는 그 '자리'의 가능성을 이곳에라도 적어두고 싶다.

제안을 하나 해볼까 한다. 『남자의 자리』라고 옮긴 이

책의 제목을 당신이 다시 번역해 보면 어떨까? 당신이 옮긴 아니 에르노의 '자리'는 어떤 자리로 불리게 될지 궁금하다.

누군가에게는 '내가 버린 자리'가 될 수도 있을 것이다. 혹은 '나의 자리'가 될지도 모르겠다. 참 이상한 일이다. 아니 에르노의 서술의 주체는 늘 '나'인데, 책을 덮고 나면 언제나 우리의 '나'가 되어 있다. 개인적인 것, 내면적인 것은 사회적이라는 그녀의 말을 이렇게 절감한다.

번역을 끝마쳤지만, 나는 아직 이 책의 마지막 즈음에 등장하는 도서관에 머물러 있다. 아버지와 '나(작가)'가 처음이자 마지막으로 함께 간 도서관. '어떤 책을 원하죠?'라는 사서의 물음에 아무 대답도 하지 못했던 아버지의 표정이 생생하다. 분명 내 기억이 아닌데…… 책에 쓰여 있지 않은 문장을 읽었다. 그러니까 아버지의 얼굴…… 나는 그가 어떤 얼굴을 하고 있었는지 알고 있다. 본 적 없는데 본 것만 같다. 아니, 나는 봤다. 아니 에르노의 아버지가 아니라 내 아버지에게서.

옮긴이의 말을 적으며 내 아버지의 이야기는 하지 않겠노라 다짐했는데 실패했다. 나의 '옮긴이의 말'은 매번 실패한다. 글을 옮긴이가 아니라, 기억을 옮겨온 이의 말이 되고 만다. 아니 에르노의 기억은 이미 나를 관통해 내 안에 있다. 나의 단단한 껍질은 이미 허물어졌다. 이제 나는 알몸의 기억을 마주한다. 마침내 내 기억은 허구를 벗었다.

무엇이 보이는가?

거기, 소설보다 더 큰 삶이 있다. 나의 아버지와 내가 떠나온 세계가 있다.

당신은 어떠한가?

소설보다 더 큰 무엇이 보이는가?

옮긴이 **신유진**

작가이자 번역가. 파리 8대학에서 연극학 석사과정을 마쳤다.
옮긴 책으로 아니 에르노의『빈 옷장』『남자의 자리』『세월』『사진의 용도』『진정한 장소』, 에르베 기베르의『연민의 기록』, 마티외 랭동의『에르베리노』, 티아구 호드리게스의『소프루』와 엮고 옮긴 프랑스 근현대 산문선『가만히, 걷는다』, 앙투안 드 생텍쥐페리의『생텍쥐페리의 문장들』이 있으며, 산문집『창문 너머 어렴풋이』『몽 카페』『열다섯 번의 낮』『열다섯 번의 밤』『상처 없는 계절』, 소설『그렇게 우리의 이름이 되는 것이라고』를 지었다.

남자의 자리 LA PLACE

1판 1쇄 2021년 2월 1일
3판 1쇄 2024년 6월 21일

지은이 아니 에르노
역자 신유진
펴낸이 신승엽
펴낸곳 1984BOOKS

편집 신승엽 · 북디자인 신승엽

주소 전북 익산시 창인동 1가 115-12
전자우편 1984books.on@gmail.com
전화 010.3099.5973 · 팩스 0303.3447.5973
인스타그램 @livingin1984 · 페이스북 /1984books

ISBN 979-11-90533-45-4 03860

잘못된 책은 구입하신 서점에서 교환해 드립니다.

1984BOOKS